D0562269

COLLECTION FOLIO

Yukio Mishima

Dojoji

et autres nouvelles

Traduit de l'anglais
par Dominique Aury

Gallimard

Les textes qui constituent cet ouvrage ont été traduits du japonais en anglais (New Directions Publishing Corporation, 1966) par Donald Keene (*Les sept ponts, Dojoji*) et Geoffrey W. Sargent (*Patriotisme, La perle*).
C'est à la demande expresse de Yukio Mishima que la traduction française a été faite d'après le texte anglais.

D. A.

Ces nouvelles sont extraites de *La mort en été* (Folio n° 1948).

© New Directions Publishing Corporation, 1966.
© Éditions Gallimard, 1983, pour la traduction française.

Yukio Mishima, pseudonyme de Kimitake Hiraoka, est né à Tôkyô en 1925. Après des études de droit, il se consacre à la littérature et publie à vingt-quatre ans *Confession d'un masque*, un premier roman autobiographique qui fait scandale et lui apporte la célébrité. Son œuvre littéraire est aussi diverse qu'abondante. De 1949 à 1970, il écrit une quarantaine de romans, des essais, du théâtre, des récits de voyage et un nombre considérable de nouvelles qui reflètent tout à la fois la diversité des talents de Mishima et la diversité des univers qu'il pénètre.

Au sommet de sa gloire, en novembre 1970, il se donne la mort d'une façon spectaculaire, qui a frappé l'imagination du monde entier. Le jour même de sa mort, il a mis un point final à sa tétralogie, *La mer de la fertilité.*

Dojoji

LES PERSONNAGES

KIYOKO, *danseuse*
L'ANTIQUAIRE
UN GÉRANT D'IMMEUBLES
LES HOMMES A, C, E
LES FEMMES B, D

Une grande pièce dans ce qui est en réalité une boutique de meubles d'occasion, mais elle contient tant d'objets d'époque – d'Orient et d'Occident – qu'on pourrait à juste titre y voir un musée. Au centre de la pièce, la masse d'une immense armoire semble une apparition d'un autre monde – et capable à ce qu'il semble, d'engloutir le nôtre. Le dessin d'une cloche est sculpté dans l'épaisseur des énormes portes, et l'armoire elle-même est recouverte d'une profusion de motifs baroques. Il va de soi que tout ce que la boutique contient d'autres objets est entièrement éclipsé par un tel prodige; aussi peuvent-ils être représentés simplement par une toile de fond.

Il y a cinq chaises sur la scène. Y sont assis des hommes et des femmes visiblement aisés qui écoutent l'antiquaire décrire l'armoire, à laquelle il fait face. Ces cinq clients privilégiés sont venus sur invitation pour les enchères d'aujourd'hui.

L'ANTIQUAIRE : Ayez la bonté de regarder par ici. Nous avons ici quelque chose d'absolument unique, tant en Orient qu'en Occident, aux temps anciens ou aux temps modernes, une armoire dont le caractère transcende tout usage ordinaire. Les objets que nous vous proposons ont tous été, sans exception, créés par des artistes qui n'avaient que mépris pour les basses idées d'utilité, mais ces créations trouvent leur raison d'être dans l'usage, mesdames et messieurs, que vous leur découvrez. Les gens ordinaires se contentent de produits standard. On achète un meuble comme on achète un animal domestique – parce qu'il convient à la situation et qu'on le voit partout. Ce qui explique l'engouement pour tables et chaises de fabrication industrielle, pour les postes de télévision, et les machines à laver.

Mais vous, en revanche, mesdames et messieurs, vous avez le goût trop raffiné et trop éloigné de ce qui plaît aux masses, pour même daigner jeter un coup d'œil à un animal domestique – je suis sûr que vous préféreriez infiniment un animal sauvage. Ce que vous avez aujourd'hui devant vous dépasse tout à fait l'entendement d'un homme ordinaire, et n'était l'élégance et la hardiesse de vos goûts, personne n'y ferait attention. Voici, exactement, l'animal sauvage dont je vous parlais.

L'HOMME A : C'est en quoi?

L'ANTIQUAIRE : Pardon?

L'HOMME A : En quelle sorte de bois?

L'ANTIQUAIRE, *il cogne du doigt l'armoire* : Authentique et indiscutable acajou – la sonorité le prouve, acajou authentique et indiscutable. Et pardonnez-moi ma liberté, mais auriez-vous la bonté de me dire, simplement pour information, combien à peu près vous avez de complets?

L'HOMME A : Cent cinquante.

LA FEMME B : Trois cents... oh peut-être trois cent soixante-dix.

L'HOMME C : Je n'ai jamais compté.

LA FEMME D : Trois cent soixante et onze.

L'HOMME E : Sept cents.

L'ANTIQUAIRE : Ça ne m'étonne pas. Même de pareils chiffres ne m'étonnent pas. Mais que vous possédiez sept cents complets ou un millier, tous tiendront sans la moindre difficulté dans cette armoire. Si vous voulez vous donner la peine de regarder à l'intérieur *(lui-même y jette un bref coup d'œil)*, vous verrez quel extraordinaire espace. Ce n'est pas tout à fait un court de tennis, mais il y a bien assez de place pour des exercices. Les quatre parois sont entièrement tapissées de miroirs et il y a aussi un éclairage électrique. On peut entrer, choisir le costume qu'on désire, et s'habiller, sans sortir de l'armoire. Entrez, je vous en prie, n'hésitez pas. Oui, regardez bien. Tout le monde aura son tour, ne vous bousculez pas. Faites la queue, s'il vous plaît.

Les cinq clients font la queue pour regarder l'un après l'autre l'intérieur de l'armoire.

L'HOMME A, *rien ne l'étonne; il se tourne vers l'antiquaire après avoir regardé* : Elle est à qui?

L'ANTIQUAIRE : Pardon?

L'HOMME A : Je veux dire, à qui l'avez-vous achetée?

L'ANTIQUAIRE : A une collection particulière connue. Je ne peux pas en dire plus. Très grande famille d'avant-guerre, comme on en compte sur les doigts d'une main. Depuis, bien sûr – il y en a beaucoup d'exemples, n'est-ce pas, nous en connaissons tous, beaucoup de cas semblables, et c'est très scandaleux – cette famille a subi des revers, et ils ont été obligés...

L'HOMME A : Je comprends. Inutile d'en dire plus. *(Il retourne s'asseoir.)*

LA FEMME B, *regarde à l'intérieur et pousse un cri* : Grand Dieu! On pourrait y mettre un lit à deux places!

L'ANTIQUAIRE : Oui, vous avez tout à fait raison. Un lit à deux places. Très juste.

L'HOMME C : On dirait mon tombeau de famille. Il y a la place pour cent et même deux cents urnes là-dedans.

L'ANTIQUAIRE, *l'air dégoûté* : Bonne plaisanterie.

LA FEMME D, *elle regarde à l'intérieur* : A quoi sert la clé?

L'ANTIQUAIRE : La clé? L'armoire se ferme de dehors ou de dedans, comme on veut.

LA FEMME D : De l'intérieur?

L'ANTIQUAIRE, *gêné* : Je ne sais pas pourquoi, mais c'est comme ça.

LA FEMME D : Mais pourquoi voudrait-on la fermer de l'intérieur?

L'ANTIQUAIRE : Vous savez... *(il a un sourire entendu)* je suis sûr qu'il y a une raison. Après tout, c'est assez grand pour y mettre un lit.

L'HOMME E, *il regarde à l'intérieur* : Hum... Etonnamment petit, non?

L'ANTIQUAIRE : Petit?

L'HOMME E : Etonnamment.

L'ANTIQUAIRE : Vous trouvez? Chacun son point de vue, monsieur, bien sûr. *(Ils se réinstallent sur leurs chaises avec beaucoup de mouvements et presque de bousculade.)* Bon. Alors, mesdames et messieurs, vous l'avez bien vue maintenant. Je ne voudrais pas vous presser, mais je me propose de commencer maintenant les enchères. Quelle est la première offre? Je vous en prie, parlez. N'importe lequel d'entre vous. *(Tous se taisent.)* Allons, voyons, est-ce que personne ne veut dire un prix?

L'HOMME A : Cinquante mille yens.

L'ANTIQUAIRE : J'ai cinquante mille yens.

LA FEMME B : Cinquante et un mille yens.

L'ANTIQUAIRE : Cette dame enchérit à cinquante et un mille yens.

L'HOMME C : Cent mille yens.

L'ANTIQUAIRE : J'ai ici cent mille yens.

LA FEMME D : Cent cinquante mille yens.

L'ANTIQUAIRE : Enchère de cent cinquante mille yens.

L'HOMME E : Cent quatre-vingt mille yens.

L'ANTIQUAIRE : Oui, cent quatre-vingt mille yens.

UNE VOIX, *voix de femme, à droite de la scène* : Trois mille yens. *(Ils se retournent tous.)*

L'HOMME A : Trois mille cinq cents yens.

L'ANTIQUAIRE : Enchère à trois mille cinq cents yens. Comment? Qu'est-ce qui se passe? Je crois que vous avez mal entendu, monsieur. L'enchère était de cent quatre-vingt mille yens. La dernière enchère : cent quatre-vingt mille yens.

L'HOMME A : Très bien. Cent quatre-vingt-dix mille yens.

L'ANTIQUAIRE : J'ai cent quatre-vingt-dix mille yens.

L'HOMME C : Deux cent cinquante mille yens.

L'ANTIQUAIRE : L'enchère est à deux cent cinquante mille yens.

L'HOMME E : Trois cent mille yens.

L'ANTIQUAIRE : Nous sommes à trois cent mille yens.

LA FEMME B : Trois cent cinquante mille yens.

LA FEMME D : Trois cent soixante mille yens.

LA FEMME B, *exaspérée* : Enfin! Cinq cent mille yens.

LA FEMME D : Cinq cent dix mille yens.

LA FEMME B : Encore! Un million de yens.

LA FEMME D : Un million dix mille yens.

LA FEMME B : C'est trop fort! Deux millions de yens.

LA FEMME D : Deux millions dix mille yens.

LA FEMME B : Mais quel culot! Trois millions de yens.

LA FEMME D : Trois millions dix mille yens.

LA FEMME B : Oh...

LA VOIX, *la même voix de femme, venant de la droite de la scène* : Trois mille yens. Trois mille yens.

Tous regardent vers la droite avec diverses exclamations de surprise. Une belle jeune femme entre tranquillement. C'est Kiyoko, une danseuse.

L'ANTIQUAIRE : Qui êtes-vous? J'en ai assez de vos bizarres plaisanteries. C'est bien le moment! Vraiment, vous exagérez dans la bêtise. Et d'abord qui êtes-vous?

KIYOKO : Vous voulez savoir mon nom? Je m'appelle Kiyoko. Je suis danseuse.

Les hommes A, C et E la regardent avec énormément d'intérêt.

L'ANTIQUAIRE : Danseuse! Je ne me rappelle pas vous avoir demandé de venir. C'est une vente réservée aux invités. Vous n'avez pas vu la pancarte à la porte : « Sur invitation seulement »?

KIYOKO : Le vent avait retourné la pancarte. D'ailleurs, j'ai toutes les bonnes raisons d'être ici, même si je ne suis pas invitée.

L'ANTIQUAIRE : Vous l'entendez! Allez, allez-vous-en tout de suite. Je vous laisse partir, je n'appelle pas la police.

L'HOMME A : Pourquoi ne resterait-elle pas? Elle a sans doute de vraies raisons de rester. Ne lui criez pas dessus comme ça.

L'ANTIQUAIRE : Peut-être, monsieur, mais...

L'HOMME A : Qu'est-ce que vous venez faire ici, jeune fille?

KIYOKO : Je ne suis pas une jeune fille. Je ne suis qu'une danseuse.

L'HOMME C : Bravo. Elle dit danseuse.

L'HOMME E : Danseuse. Admirable métier. Nous réconforte tous. Bénédiction sans prix.

LA FEMME B : Qu'est-ce que ça veut dire d'offrir trois mille yens?

LA FEMME D : Trois mille et un yens.

LA FEMME B : Ce qu'elle peut être exaspérante! *(A Kiyoko, doucereuse :)* Vous avez dit que vous vous appelez Kiyoko, n'est-ce pas? Pourquoi offrir trois mille yens? Venez nous expliquer ça.

KIYOKO : Trois mille yens... *(Elle s'avance au milieu de la scène.)* Trois mille yens, c'est tout ce que vaut cette armoire.

L'ANTIQUAIRE, *consterné* : Ecoutez un peu. Vous continuez vos imbécillités et vous filez à la police.

L'HOMME A, *à l'antiquaire* : Ecoutez tranquillement ce qu'elle a à dire.

L'antiquaire se tait.

KIYOKO : Quand vous connaîtrez l'histoire de

cette énorme et bizarre armoire, je ne crois pas que personne ici ait envie de l'acheter.

L'HOMME C : Il y a une histoire?

L'ANTIQUAIRE, *il glisse vivement de l'argent dans une enveloppe* : Tenez, prenez ça et filez. Ça suffit, allez, tout de suite.

L'HOMME A : Laissez-la parler. Si vous ne la laissez pas parler, on se dira que vous connaissez l'histoire. Est-ce que vous essayez de nous vendre une marchandise douteuse?

KIYOKO, *qui refuse l'argent* : Je vais vous raconter. Cette armoire appartenait à la famille Sakurayama. *(Tout le monde s'agite.)* Mme Sakurayama y cachait son jeune amant. L'amant s'appelait Yasushi. Un jour le mari jaloux – c'était un homme effrayant – entendit du bruit dans l'armoire. Il sortit son revolver, et tira, de dehors, sans un mot. Il tira et tira jusqu'à ce que s'arrêtent les cris épouvantables. Le sang ruisselait à grands flots sous la porte. Regardez. *(Elle montre la porte.)* On ne voit pas très bien à cause des sculptures, mais les trous faits par les balles sont là. On les a très habilement bouchés avec du bois de la même teinte, mais on les voit quand même. On a lavé à l'intérieur toutes les traces de sang, on a raboté et repeint la porte... Vous avez tous lu dans le journal ce qui s'est passé, n'est-ce pas? *(Ils sont tous absolument silencieux.)* Vous avez encore envie de l'acheter aussi cher? Non, je suis sûre que même si on vous faisait cadeau de l'armoire vous n'en voudriez pas. Trois mille yens est un bon prix. Même à trois mille yens il ne doit pas y avoir beaucoup de gens à part moi qui voudraient l'acheter.

LA FEMME B : Hou! Quelle horreur! Je vous remercie vraiment de nous en avoir parlé. Autrement, j'aurais dépensé une fortune pour quelque chose d'atroce. Vous dites que vous vous appelez Hisako?

KIYOKO : Non, Ki-yo-ko.

LA FEMME B : Parfaitement. Hisako, c'est le nom de ma fille. Kiyoko, je vous remercie vraiment beaucoup. Je pense que maintenant ce qu'il y a de mieux à faire est de partir le plus vite possible. Je me demande si mon chauffeur m'attend. Je le lui avais dit. *(Elle s'aperçoit tout à coup que la femme D a déjà disparu.)* Oh, vous connaissez des gens aussi mal élevés? S'en aller comme ça sans un mot. Elle essaie toujours d'en faire plus que moi, même quand il s'agit de s'en aller. L'impossible bonne femme! *(En parlant, elle sort par la droite.)*

Les hommes A, C et E s'approchent tous de Kiyoko et lui tendent leurs cartes.

L'HOMME A : Vous m'avez économisé pas mal d'argent. Merci beaucoup. Je voudrais vous inviter à dîner – rien de spécial, naturellement – simplement pour vous prouver que j'apprécie.

L'HOMME C : Mademoiselle, je vous invite dans un très bon restaurant français.

L'HOMME E : Et si l'on allait danser? Hein? Après avoir dîné ensemble?

KIYOKO : Je vous remercie bien tous, mais j'ai quelque chose à discuter avec le propriétaire.

L'HOMME A, *avec les mouvements brusques d'un homme à la décision prompte, sort de l'argent de son portefeuille et le tend à l'antiquaire* : Compris? Vous n'allez pas faire d'histoires. Vous allez écouter tranquillement, comme un père, ce que cette jeune fille veut vous dire. Plus d'idioties d'appel à la police. Compris? *(Il sort un crayon de sa poche et s'adresse à Kiyoko :)* Jeune fille, faites-moi savoir tout de suite si cet homme vous insulte ou vous menace de la police. Voulez-vous me montrer les cartes que nous vous avons données? *(Kiyoko lui montre les cartes.)* Voilà. *(Il en prend une.)* C'est la mienne. J'y fais une croix pour que vous ne vous trompiez pas. *(Il fait une marque au crayon.)* J'attendrai votre appel quand vous en aurez fini. Vous pourrez me joindre à ce numéro pendant encore deux heures. *(Il rend la carte. C et E, désarçonnés par la tournure des événements, font la tête.)* Vous viendrez, n'est-ce pas? Je tiens beaucoup à vous emmener dîner, pour montrer combien j'apprécie.

KIYOKO : En admettant que je vous appelle...

L'HOMME A : Oui?

KIYOKO : En admettant que je vous appelle... vous auriez encore envie de me voir si j'avais la figure tout à fait changée?

L'HOMME A : Beaucoup d'esprit, jeune fille, beaucoup d'esprit, bien sûr. Je ne vois pas tout à fait, mais enfin...

KIYOKO : Même si j'étais devenue une horrible sorcière?

L'HOMME A : Toutes les femmes ont plusieurs visages. A mon âge il en faut davantage pour me surprendre. Bon. A tout à l'heure.

A disparaît avec bonne humeur. C et E le suivent à contrecœur.

L'ANTIQUAIRE : Vous êtes une vraie petite terreur, hein? *(Kiyoko fait demi-tour pour rejoindre A. L'antiquaire, effrayé, l'arrête.)* Ne vous énervez pas. Moi-même je suis un peu tendu... Vous avez dit que vous étiez danseuse. *(En aparté :)* Danseuse, tu parles. J'imagine bien le genre de danseuse qu'elle doit être.

KIYOKO : S'il vous plaît, écoutez ce que j'ai à vous dire sans m'interrompre.

L'ANTIQUAIRE, *il s'assoit sur une des chaises* : Très bien. Je vous écoute. Je n'interromprai pas. Mais se dire que quelqu'un d'aussi jeune, au visage aussi beau, aussi doux...

KIYOKO : Oui. C'est de ça que je veux vous parler, de mon beau et doux visage.

L'ANTIQUAIRE, *en aparté* : Elles ne manquent pas de toupet, les filles, aujourd'hui!

KIYOKO : Yasushi était mon amant.

L'ANTIQUAIRE : Le jeune homme qui a été tué dans l'armoire?

KIYOKO : Oui. Il était mon amant, mais il m'a laissée tomber pour devenir l'amant de Mme Sakurayama, qui avait dix ans de plus que lui. C'était – oui, c'est bien ça – c'était le genre d'homme qui préfère toujours être aimé.

L'ANTIQUAIRE : Mauvaise affaire pour vous.

KIYOKO : Je croyais que vous aviez dit que vous n'alliez pas m'interrompre. Peut-être, je n'en suis pas sûre, mais peut-être est-ce mon amour qui l'a fait fuir. Oui, cela se pourrait bien. A une liaison franche, heureuse, facile, il a préféré le secret, le malaise, la peur – tout cet aspect-là de l'amour. C'était un garçon si beau. Quand nous nous promenions ensemble, tout le monde disait que nous formions un couple parfaitement assorti. Quand nous nous promenions ensemble, le ciel bleu, les arbres du parc, les oiseaux – tout était heureux de nous accueillir. Le ciel bleu et le ciel étoilé de la nuit, on aurait dit qu'ils nous appartenaient. Et pourtant il a préféré l'intérieur d'une armoire.

L'ANTIQUAIRE : L'armoire est tellement énorme. Peut-être y a-t-il à l'intérieur un ciel étoilé, et une lune qui se lève dans un coin et se couche dans un autre.

KIYOKO : Oui, il dormait dans l'armoire, s'y réveillait, et parfois y prenait ses repas. Dans cette étrange pièce sans fenêtre, dans cette pièce où jamais ne soufflait le vent, où jamais ne murmuraient les arbres, une pièce comme un cercueil, comme une tombe où il était enterré vivant. Pièce de plaisir et de mort, où l'enveloppaient constamment le parfum dont se servait la femme, et l'odeur de son propre corps... Il avait une odeur de jasmin.

L'ANTIQUAIRE, *que le récit échauffe un peu* : Enseveli non parmi les fleurs, mais parmi les vêtements, suspendus sous les cintres innombrables.

KIYOKO : Fleurs de dentelle, fleurs de satin, fleurs froides et mortes, et violemment parfumées.

L'ANTIQUAIRE, *en aparté* : Diablement intéressant. J'aimerais bien mourir comme ça.

KIYOKO : Il est mort exactement comme il espérait mourir. Maintenant je l'ai bien compris. Et pourtant, pourquoi l'a-t-il fait? Qu'est-ce qu'il voulait fuir? A quoi essayait-il d'échapper, si désespérément qu'il préférait mourir?

L'ANTIQUAIRE : J'ai bien peur de ne pouvoir vous aider à répondre.

KIYOKO : Je suis sûre que c'est à moi qu'il voulait échapper. *(Tous deux se taisent.)* Dites-moi, qu'est-ce qui a pu l'y pousser? A me fuir, à fuir un si beau et doux visage? Peut-être que sa propre beauté lui apportait tout ce qu'il en pouvait supporter.

L'ANTIQUAIRE : Vous n'avez pas à vous plaindre. Il y a des femmes qui passent leur vie à se fâcher contre leur propre laideur. Et toutes celles qui regrettent leur jeunesse. Vous avez la beauté et la jeunesse, et vous vous plaignez. C'est trop demander.

KIYOKO : Personne d'autre n'a jamais fui ma jeunesse et ma beauté. Il a dédaigné mes deux seuls trésors.

L'ANTIQUAIRE : Il n'y a pas que Yasushi au monde, vous savez. En tout cas, il devait avoir des goûts anormaux. Voyez, quelqu'un comme moi, qui ai des goûts parfaitement sains... *(Il avance la main vers elle.)*

KIYOKO, *elle lui frappe vivement la main* : Arrêtez. Le désir sur un autre visage que le sien me soulève le cœur. J'ai l'impression de voir un crapaud... Regardez-moi bien. Je suis devenue vieille, n'est-ce pas?

L'ANTIQUAIRE : Vous me faites rire. Votre jeunesse...

KIYOKO : Mais je suis laide?

L'ANTIQUAIRE : Si vous êtes laide, c'est que la beauté des femmes a disparu de la terre.

KIYOKO : Vous avez échoué aux deux questions. Si vous aviez répondu que j'étais vieille et laide, qui sait, je me serais peut-être donnée à vous.

L'ANTIQUAIRE : Moi aussi je connais un peu la psychologie des femmes. Maintenant je suis supposé répondre : « Qu'est-ce que vous racontez? Même en péril de mort je ne pourrais prononcer pareil mensonge, dire que vous êtes vieille et laide. » Je n'ai pas raison?

KIYOKO : Vous êtes bien ennuyeux. Qu'est-ce qu'il y a dans mon visage qui plaît aux hommes, que je ne peux pas souffrir? Je voudrais m'arracher la peau de mes propres mains – c'est le seul rêve, la seule idée qui me reste maintenant. Je me demande quelquefois s'il ne m'aurait pas mieux aimée si ma figure était devenue abominablement hideuse et repoussante.

L'ANTIQUAIRE : Ces rêves cinglés des êtres jeunes et beaux! Il y a bien longtemps que je suis immunisé contre ces imaginations sans bon sens.

Le ressentiment, jeune fille, est un poison qui détruit tous les principes raisonnables, et vous gâche votre bonheur.

KIYOKO : Le ressentiment! Vous croyez me résumer avec ce seul mot. Ce n'est pas dans ce monde-là que je vis. Quelque chose manquait quelque part – un engrenage – qui aurait permis à la machine de marcher sans accroc, à lui et à moi de nous aimer pour toujours. J'ai découvert l'engrenage qui manquait. C'était mon visage devenu hideux.

L'ANTIQUAIRE : Le monde est plein d'engrenages qui manquent. Pour votre machine je ne sais pas, mais il me semble à moi, au moins pour ce qui en est de notre globe, que la seule chose qui le fasse tourner sans accroc, c'est le fait qu'ici et là manquent des engrenages.

KIYOKO : Pourtant, si mon rêve se réalisait...

L'ANTIQUAIRE : Ça ne le ferait sûrement pas revenir à la vie.

KIYOKO : Vous vous trompez. Je crois que si.

L'ANTIQUAIRE : Vous réclamez des choses de plus en plus impossibles. Vous venez d'inventer quelque chose de véritablement horrible. La négation de la nature, voilà ce que vous cherchez.

KIYOKO : De temps en temps même un misérable vieil avare comme vous est capable de dire quelque chose d'intelligent. Vous avez parfaitement raison. Mon ennemie, ma rivale, n'était pas Mme Sakurayama. C'était la nature elle-même, mon beau visage, le murmure des bois autour de nous, la gracieuse forme des pins, le bleu du ciel lavé par la pluie. Oui, tout ce qui était sans artifice était l'ennemi de notre amour. Alors il m'a quittée pour se réfugier dans cette armoire, dans un monde recouvert de vernis, privé de fenêtres, éclairé seulement par une ampoule électrique.

L'ANTIQUAIRE : Je suppose que c'est pour cela que vous tenez tellement à acheter l'armoire – vous voulez essayer d'y retrouver votre amant disparu.

KIYOKO : Oui. Et je vais dire les choses. Je vais raconter l'histoire de cette armoire à tous les gens qui pourraient vouloir l'acheter. Je leur enlèverai leurs illusions. Il me faut cette armoire, et à mon prix, trois mille yens.

Comme elle achevait ces mots, on entendit, venant de la gauche, d'étranges cris inarticulés, semblables à ceux que poussent les batteurs dans les pièces nô, ainsi que des sons ressemblant aux tambours et aux flûtes du nô. Ce tumulte accompagne le dialogue de la scène qui suit, où les deux interlocuteurs discutent le prix de l'armoire, et lui communique le rythme du nô.

L'ANTIQUAIRE : Bon Dieu! Voilà que ces cris de cinglés et ces pilonnements recommencent dans l'usine. Ça se passe quelquefois quand j'ai des clients, et ça me rend enragé. Un de ces jours il va falloir que j'achète la bâtisse pour me débarrasser de l'usine. Le bruit de la production – c'est comme ça que nos industriels l'appellent. Les malheureux imbéciles, ils vivront toute leur vie sans jamais comprendre une chose toute simple, qu'un objet n'acquiert une valeur qu'à mesure qu'il vieillit, qu'il se démode et ne sert plus à rien. Ils fabriquent aussi vite qu'ils peuvent leur camelote bon marché, et après une existence accablée par la pauvreté, ils meurent, et on n'en parle plus.

KIYOKO : Je vous l'ai répété cent fois. Je l'achète trois mille yens.

L'ANTIQUAIRE : Trois millions de yens.

KIYOKO : Non, non, trois mille yens.

L'ANTIQUAIRE : Deux millions de yens.

KIYOKO, *elle tape du pied en mesure avec le rythme nô* : Non, non, trois mille yens.

L'ANTIQUAIRE : Cinq cent mille yens.

KIYOKO : Trois mille yens, trois mille yens.

L'ANTIQUAIRE : Cinq cent mille yens.

KIYOKO : Trois mille yens, trois mille yens, trois mille yens.

L'ANTIQUAIRE : Quatre cent mille yens.

KIYOKO : Quand je dis trois mille yens, c'est trois mille yens que je veux dire.

L'ANTIQUAIRE : Trois cent mille yens.

KIYOKO : Faites un effort, un seul grand effort. Descendez à mon niveau, descendez tout à fait. Quand vous aurez fait le plongeon jusqu'à trois mille yens, vous vous sentirez tellement mieux. Allez-y, il ne vous faut qu'un mot. Trois mille yens.

L'ANTIQUAIRE : Deux cent mille yens.

KIYOKO : Non, non, trois mille yens.

L'ANTIQUAIRE : Cent mille yens.
KIYOKO : Non, non, trois mille yens.
L'ANTIQUAIRE : Cinquante mille yens.
KIYOKO : Non, trois mille yens, trois mille yens, trois mille yens.
L'ANTIQUAIRE : Cinquante mille yens. Je ne rabattrai pas d'un sou.
KIYOKO : Trois mille yens.
L'ANTIQUAIRE : Cinquante mille yens, cinquante mille yens, cinquante mille yens.
KIYOKO, *qui faiblit un peu* : Trois mille yens.
L'ANTIQUAIRE : Cinquante mille yens est mon tout dernier prix. Je ne rabattrai plus d'un sou.
KIYOKO : Vous êtes sûr?
L'ANTIQUAIRE : J'ai dit cinquante mille yens, et c'est cinquante mille yens.
KIYOKO, *faiblissant* : Je n'ai pas assez d'argent.
L'ANTIQUAIRE : Je vous l'offre au prix qu'elle m'a coûté. Si vous n'avez pas l'argent ce n'est pas ma faute.

Le tumulte cesse tout à fait.

KIYOKO : Rien ne vous fera changer d'avis?
L'ANTIQUAIRE : Cinquante mille yens. C'est ma dernière offre. Cinquante mille yens.
KIYOKO : Je n'en ai pas les moyens. Je voulais l'acheter pour l'installer dans mon minuscule appartement, et m'y asseoir pour penser à lui jusqu'à ce que mon visage soit devenu hideux – voilà ce que j'avais rêvé. Mais si je ne peux pas l'acheter, c'est bien quand même. *(Elle recule lentement vers l'armoire.)* Oui, si je ne peux pas l'avoir, c'est parfait. Ce n'est vraiment pas indis-

pensable de rapporter l'armoire de si loin à mon appartement pour que ma jalousie, mes rêves et mes douleurs et mes angoisses y détruisent mon visage. Je peux le faire ici, sans rien bouger...

L'ANTIQUAIRE : Qu'est-ce que vous faites?

KIYOKO : Tout va bien. Quand vous me reverrez, vous serez mort de peur!

Kiyoko se retourne et se glisse dans l'armoire. Les portes se referment avec un bruit terrifiant. L'antiquaire épouvanté essaie de les rouvrir, en vain.

L'ANTIQUAIRE : Bon Dieu. Elle a fermé de l'intérieur. *(Il cogne en fureur sur la porte. Aucune réponse. Calme absolu.)* La sale garce. Elle m'a glissé entre les mains et maintenant elle est arrivée à... Ça ne lui suffisait pas de se mêler de mes affaires et de me faire perdre une fortune. Maintenant par-dessus le marché elle essaie d'abîmer l'armoire, qui n'est déjà pas en bon état. Qu'est-ce que j'ai bien pu faire pour mériter ça. Bon Dieu. On ne peut pas savoir ce qu'elle va inventer à l'intérieur de cette armoire. *(Il colle une oreille à la porte.)* Qu'est-ce qu'elle peut bien faire là-dedans? C'est un jour maudit pour moi... Je n'entends rien. Pas un bruit. C'est comme de poser l'oreille sur une cloche. Les épaisses parois de fer sont absolument silencieuses, et pourtant la réverbération peut vous rendre sourd. Il n'y a pas un bruit... Elle ne pourrait pas être en train de se défigurer... Non, ce n'était qu'une menace, un chantage pour profiter de ma faiblesse. *(Il colle à nouveau son oreille contre la porte.)* Pourtant, qu'est-ce qu'elle peut bien faire? J'en ai de bizarres frissons. Oh – elle a allumé. Son visage se reflète dans les miroirs tout autour d'elle, qui est silencieuse, ne dit pas un mot. Brr – il y a là quelque sorcellerie... Non, ce n'était qu'une menace. *(Comme s'il avait un pressentiment :)* Ce n'était qu'une menace. Il n'y a pas de raison de penser qu'elle ferait vraiment une chose pareille.

De la droite de la scène se précipite le gérant de l'immeuble où habite Kiyoko.

LE GÉRANT : Est-ce qu'une danseuse qui s'appelle Kiyoko est venue ici? Une belle jeune fille. Elle s'appelle Kiyoko.

L'ANTIQUAIRE : Kiyoko? Qui êtes-vous?

LE GÉRANT : Je suis le gérant de l'immeuble où elle habite. Vous êtes sûr qu'elle n'est pas venue ici? Si elle vient...

L'ANTIQUAIRE : Doucement, doucement, ne vous énervez pas comme ça. Et alors, si elle vient?

LE GÉRANT : Son ami me dit qu'elle vient de voler dans une boutique une bouteille d'acide sulfurique. Il est pharmacien.

L'ANTIQUAIRE : D'acide sulfurique?

LE GÉRANT : Il dit qu'elle s'est sauvée en courant la bouteille à la main. Je la cherche partout. Un homme que j'ai croisé m'a dit qu'il l'avait vue entrer dans votre boutique?

L'ANTIQUAIRE : De l'a... acide?

LE GÉRANT : Son amant a été tué il n'y a pas longtemps. Une fille aussi exaltée, on ne sait pas de quoi elle est capable. C'est ça qui m'inquiète.

Imaginez qu'elle le jette à la figure de quelqu'un.

L'ANTIQUAIRE : Vous croyez qu'elle ferait ça? *(Il a un mouvement de recul épouvanté et se prend le visage dans les mains...)* Non, ce n'est pas ce qu'elle veut faire. Elle veut le jeter à son propre visage.

LE GÉRANT : Quoi!

L'ANTIQUAIRE : Oui, elle veut se défigurer. Quelle horrible chose! Ce si beau visage. Elle veut le suicide de son visage.

LE GÉRANT : Mais pourquoi faire une chose pareille?

L'ANTIQUAIRE : Vous ne comprenez pas ce que je dis? *(Il montre du doigt l'armoire.)* Kiyoko est là-dedans. Elle a fermé de l'intérieur.

LE GÉRANT : C'est épouvantable. Il faut la faire sortir de là.

L'ANTIQUAIRE : La porte est solide comme un roc.

LE GÉRANT : Quand même, il faut faire quelque chose. *(Il cogne sur la porte.)* Kiyoko! Kiyoko!

L'ANTIQUAIRE : Pareil visage devenir un visage de sorcière! C'est vraiment un jour maudit! *(Il cogne lui aussi sur la porte.)* Sortez de là! Ne nous faites pas d'ennuis. Sortez de là!

LE GÉRANT : Kiyoko! Mademoiselle Kiyoko!

On entend venant de l'intérieur de l'armoire un hurlement atroce. Les deux hommes se décomposent. Silence terrible. L'antiquaire au bout de quelque temps joint les mains en un geste incons-

cient de prière. Il s'arrache les mots de la bouche.

L'ANTIQUAIRE : Sortez, je vous en conjure. L'armoire ne me sert plus à rien. Je vous la cède pour trois mille yens. Trois mille yens, pas plus. Je vous la laisse. Je vous en supplie sortez. *(La porte finit par s'ouvrir avec un grincement déchirant. L'antiquaire et le gérant font un bond en arrière. Kiyoko apparaît, le flacon à la main. Son visage est intact.)* Votre visage – il ne s'est rien passé !

LE GÉRANT : Dieu merci.

L'ANTIQUAIRE : Dieu merci, mon œil. Je n'ai pas prévu ça. Vous trichez. Faire peur aux gens comme ça – j'aurais pu avoir une attaque. Il n'y a pas de quoi rire.

KIYOKO, *calmement* : Je n'ai pas triché avec vous. J'avais vraiment l'intention de me jeter l'acide au visage.

L'ANTIQUAIRE : Alors pourquoi ce hurlement?

KIYOKO : J'ai allumé à l'intérieur de l'armoire. J'ai vu mon visage reflété dans les miroirs tout autour de moi, et les reflets des reflets de mon visage dans le miroir reflétés par le miroir suivant, et ces reflets reflétés encore. Miroirs qui reflétaient des miroirs, qui reflétaient mon profil, et les miroirs se reflétaient encore. Mon visage infiniment répété, et qui n'en finissait pas d'être partout... Il faisait si froid à l'intérieur de l'armoire. J'attendais. Je me demandais si parmi tous ces visages qui étaient le mien, le sien n'allait pas tout à coup apparaître.

L'ANTIQUAIRE, *avec un frisson* : Et il est apparu?

KIYOKO : Il n'est pas apparu. Sur toute l'étendue de la terre. Sur toute la mer, et jusqu'au bout du monde, mon visage, et seulement mon visage. J'ai débouché la bouteille et je me suis dévisagée dans le miroir. Je me suis dit, et si mon visage défiguré par l'acide se reflétait sans fin jusqu'aux extrémités du monde? Je me suis vue tout à coup telle que je serais, une fois défigurée par l'acide, horrible visage de sorcière, ravagé et purulent.

L'ANTIQUAIRE : Alors vous avez crié?

KIYOKO : Oui.

L'ANTIQUAIRE : Parce que vous n'aviez plus le courage de vous jeter de l'acide au visage, n'est-ce pas?

KIYOKO : Non. Je suis revenue à moi et j'ai revissé le bouchon sur la bouteille, pas du tout parce que j'avais perdu courage, mais parce que je m'étais rendu compte que même une abominable douleur – telle que je l'avais subie – jalousie, colère, inquiétude – ne suffisait pas à changer un visage humain, et que quoi qu'il puisse arriver, mon visage était mon visage.

L'ANTIQUAIRE : Vous voyez, on ne gagne rien à combattre la nature.

KIYOKO : Ce n'est pas une défaite. C'est une réconciliation avec la nature.

L'ANTIQUAIRE : Façon commode de voir les choses.

KIYOKO : Mais c'est vrai que je suis réconciliée. *(Elle laisse tomber la bouteille. L'antiquaire se hâte de la repousser sur le côté.)* Nous sommes au printemps, n'est-ce pas? Je m'en rends compte maintenant. Pendant tellement, tellement longtemps, depuis qu'il avait disparu dans cette armoire, les saisons pour moi n'avaient plus eu de sens. *(Elle renifle l'air autour d'elle.)* C'est l'apogée du printemps. Même dans cette vieille boutique poussiéreuse on sent l'odeur – d'où vient-elle? – de la terre au printemps, des plantes et des arbres et des fleurs. Les fleurs des cerisiers doivent être en pleine gloire. Des nuages de fleurs, et les pins, rien d'autre. Le vert vigoureux des branches dans le brouillard des fleurs, le dessin net parce qu'elles n'ont jamais rêvé. Les oiseaux chantent. *(On entend un gazouillis d'oiseaux.)* Le chant des oiseaux est un rayon de soleil qui traverse les murs les plus épais. Même ici où nous sommes le printemps s'impose à nous sans relâche, avec ses fleurs de cerisier innombrables, et ses innombrables chants d'oiseaux. Les plus petites branches en portent autant qu'elles peuvent et se laissent fléchir avec délices sous le poids enchanteur. Et le vent – je sens dans le vent le parfum de son corps vivant. J'avais oublié. C'était le printemps!

L'ANTIQUAIRE : Voulez-vous avoir l'amabilité d'acheter l'armoire et de partir?

KIYOKO : Vous avez dit tout à l'heure que vous me la laissiez à trois mille yens, n'est-ce pas?

L'ANTIQUAIRE : Ne dites pas de bêtises. C'était

seulement au cas où vous vous seriez défigurée. Le prix est toujours cinq cent mille yens. Non, six cent mille yens.

KIYOKO : Je n'en veux pas.

L'ANTIQUAIRE : Vous n'en voulez pas!

KIYOKO : Exactement. Je n'en veux réellement plus. Vendez-la à un riche imbécile. Ne vous inquiétez pas. Je ne vous ferai plus d'histoires.

L'ANTIQUAIRE : Eh bien, Dieu merci!

LE GÉRANT : Revenez avec moi à l'appartement. Il va falloir voir votre ami le pharmacien pour vous excuser de l'avoir inquiété. Puis vous devriez aller dormir. Vous devez être épuisée.

KIYOKO, *elle sort de son sac une carte qu'elle examine* : Non, tout de suite j'ai un rendez-vous.

L'ANTIQUAIRE : Oui, avec ce monsieur-là, maintenant.

KIYOKO : Oui, avec ce monsieur-là, maintenant.

L'ANTIQUAIRE : Si vous y allez, il va vous en faire voir.

KIYOKO : Ça ne m'inquiète pas. Rien ne peut m'ennuyer, maintenant, quoi qu'il arrive. Qui voulez-vous qui puisse m'atteindre, maintenant?

LE GÉRANT : Le printemps est une saison dangereuse.

L'ANTIQUAIRE : Vous allez vous détruire. Vous allez vous déchirer le cœur. Vous finirez par ne plus rien pouvoir éprouver.

KIYOKO : Mais rien de ce qui peut m'arriver ne pourra jamais me changer le visage.

Kiyoko prend dans son sac un bâton de rouge, qu'elle se passe sur les lèvres, puis tourne le dos aux deux hommes, qui la regardent sans un geste, et brusquement elle se précipite vers la droite, rapide comme le vent.

RIDEAU

Les sept ponts

A onze heures et demie, la nuit de la pleine lune de septembre, dès que les invités de la soirée où elles jouaient leur rôle d'hôtesses se dispersèrent, Koyumi et Kanako revinrent à la Maison des Lauriers et remirent leur kimono de coton. Elles auraient bien préféré prendre un bain avant de repartir, mais ce soir-là elles n'en avaient pas le temps.

Koyumi avait quarante-deux ans, elle était ronde et petite, à peine un mètre soixante, et serrée dans un kimono blanc au dessin de feuillage noir; Kanako, l'autre geisha, bien qu'elle n'eût que vingt-deux ans et fût bonne danseuse, n'avait pas de protecteur et semblait destinée à ne jamais trouver de rôle convenable dans les représentations annuelles de danses que donnent les geishas au printemps et à l'automne. Son kimono de crépon blanc était imprimé de spirales bleu marine.

« Je me demande, dit Kanako, quel sera ce soir le dessin du kimono de Masako?

– Du trèfle, sûrement. Elle veut absolument un enfant.

– Elle a été jusqu'au bout, alors?

– Mais c'est bien le problème. Justement non, répondit Koyumi. Elle est encore loin d'y arriver. Elle ferait une bonne Vierge Marie – avoir un enfant d'un homme simplement parce qu'elle a le béguin! »

Toutes les geishas partagent la superstition selon laquelle la femme qui porte un kimono d'été au dessin de trèfle ou de paysage sera bientôt enceinte.

Quand elles furent enfin prêtes à partir, Koyumi sentit brusquement qu'elle avait faim. C'était une chose qui lui arrivait chaque fois qu'elle partait pour sa tournée de réceptions, mais ce besoin de manger lui paraissait toujours une catastrophe inattendue qui lui tombait du ciel. La faim ne la tourmentait jamais quand elle était face aux clients, si ennuyeuse que pût être la soirée, mais avant de jouer son rôle, ou après, la faim qu'elle avait oubliée s'emparait d'elle brusquement, comme une crise de nerfs. Koyumi ne prenait jamais la précaution de manger convenablement quand il aurait fallu. Quelquefois, par exemple, quand elle allait le soir chez le coiffeur, elle voyait les autres geishas commander un repas et s'en régaler en attendant leur tour, mais Koyumi n'en était pas influencée. Elle ne se disait même pas que le risotto, ou le plat quel qu'il fût, devait avoir bon goût. Et pourtant, une heure après, la faim l'assaillait brusquement, et elle sentait la salive comme une source chaude inonder ses courtes et fortes dents.

Koyumi et Kanako payaient des mensualités à la Maison des Lauriers pour leurs repas et leur publicité. La note de repas de Koyumi avait toujours été exceptionnellement lourde. Non seulement elle mangeait beaucoup, mais elle était difficile. Mais en fait, depuis qu'elle avait pris la bizarre habitude de n'avoir faim qu'avant et après ses représentations, ses notes de repas avaient peu à peu diminué, et menaçaient de tomber au-dessous de celles de Kanako. Koyumi ne se rappelait pas quand cette habitude bizarre avait commencé, ni quand elle s'était la première fois glissée dans la cuisine avant la première réception de la soirée pour demander, trépignant presque d'impatience : « Vous n'avez pas quelque chose à manger pour moi? » Elle avait coutume maintenant de prendre son dîner dans la cuisine de la maison où se donnait la première réception, et son souper où se donnait la dernière. Son estomac s'était fait à cette régularité, et ses notes de repas à la Maison des Lauriers avaient diminué en conséquence.

Le Ginza était déjà vide lorsque les deux geishas se mirent en route en direction de la Maison Yonei au Shimbashi. Kanako montra le ciel au-dessus d'une banque où des stores métalliques barraient les fenêtres. « Nous avons de la chance, n'est-ce pas? Ce soir on voit vraiment l'homme dans la lune. »

Koyumi ne pensait qu'à son estomac. Sa première réception avait été au Yonei et sa dernière au Fuminoya. Elle se rendait compte maintenant qu'elle aurait dû souper au Fuminoya avant d'en partir, mais elle n'en avait pas eu le temps. Elle s'était précipitée à la Maison des Lauriers pour se changer. Elle serait obligée de demander à souper quand elles arriveraient au Yonei, dans la même cuisine où elle avait déjà dîné. Cette idée lui pesait.

Mais l'inquiétude de Koyumi disparut dès qu'elle eut franchi le seuil de la cuisine du Yonei. Masako, la fille très choyée du propriétaire, était debout à l'entrée pour les attendre. Elle portait, comme elles l'avaient prévu, un kimono à dessin de trèfle. Dès qu'elle vit Koyumi, elle eut le temps de s'écrier : « Je ne vous attendais pas si tôt. Nous ne sommes pas pressées – entrez manger un morceau avant de partir. »

La cuisine était parsemée de ce qui avait été desservi pendant les réceptions de la soirée. D'énormes piles d'assiettes et de bols luisaient sous la brutale lumière des ampoules nues. Masako était debout dans l'embrasure de la porte, une main appuyée au chambranle, sa silhouette arrêtait la lumière, et son visage était dans l'ombre. Le visage de Koyumi n'était pas éclairé non plus, et elle fut contente que sa brève expression de soulagement, lorsque Masako l'avait appelée, ait passé inaperçue.

Pendant que Koyumi soupait, Masako emmena Kanako dans sa chambre. De toutes les geishas qui venaient à la maison Yonei, Kanako était celle avec laquelle elle s'entendait le mieux. Elle et Masako avaient le même âge, étaient allées à l'école primaire ensemble, et étaient à peu près aussi jolies l'une que l'autre. Mais plus que toutes ces raisons, ce qui comptait c'est que Kanako lui plaisait assez.

Kanako avait l'air si sage qu'on aurait cru que le moindre souffle l'emporterait, mais elle avait emmagasiné toute l'expérience qui lui était nécessaire, et un mot d'elle, échappé à la légère, faisait quelquefois énormément de bien à Masako. D'autre part l'enthousiaste Masako était enfantine et timide dès qu'il était question d'amour. Son côté enfant était connu de tout le monde et sa mère était tellement sûre de l'innocence de sa fille qu'elle n'avait pas eu de soupçon lorsque Masako s'était commandé un kimono au dessin de trèfle. Masako était étudiante à l'Institut d'Art de l'Université Waseda. Elle avait toujours admiré R., l'acteur de cinéma, mais depuis qu'il était venu au Yonei, sa passion pour lui s'était accrue. Elle avait maintenant sa chambre encombrée de photos de lui. Elle avait fait reproduire sur un vase en porcelaine une photo où elle figurait à côté de lui et qui avait été prise l'inoubliable jour de sa venue. Plein de fleurs, il trônait sur son bureau.

Kanako dit quand elle se fut assise : « On a donné la liste des rôles aujourd'hui. » Sa mince petite bouche faisait une grimace.

« Ah oui? dit Masako, attristée, et qui faisait semblant de ne rien savoir.

– Je n'ai encore qu'un tout petit rôle. Je n'aurai jamais rien de mieux. Il y a de quoi me décourager définitivement. Je me fais l'effet d'une fille de music-hall qui voit passer les années en restant dans le chœur.

– Je suis sûre que l'an prochain tu auras un très bon rôle. »

Kanako secoua la tête. « En attendant je vieillis. Sans crier gare je serai tout d'un coup comme Koyumi.

– Ne dis pas de bêtises. Tu as encore vingt ans devant toi. »

Il n'aurait pas été convenable que pendant cette conversation aucune des deux filles ait parlé de l'objet de la prière qu'elles allaient faire ce soir-là, mais sans poser la question, chacune savait déjà quelle serait la prière de l'autre. Masako voulait l'amour de R., Kanako un bon protecteur, et toutes deux savaient que Koyumi voulait de l'argent.

Leurs prières, c'était clair, avaient des objets différents, mais tous essentiellement raisonnables. Si la lune ne les exauçait pas, ce serait la lune, et non pas elles, qui aurait tort. Leurs espérances se lisaient clairement et honnêtement sur leurs visages, et c'était les désirs d'une humanité si vraie que n'importe qui, rencontrant les trois femmes qui avançaient dans le clair de lune, serait sûrement convaincu que la lune n'aurait pas le choix : elle reconnaîtrait leur sincérité et leur accorderait leurs souhaits.

« Nous avons quelqu'un d'autre qui vient avec nous ce soir, dit Masako.

– Vraiment? Qui cela?

– Une servante. Elle s'appelle Mina, elle est arrivée il y a un mois de la campagne. J'ai dit à Mère que je ne voulais pas qu'elle vienne avec moi, mais Mère a répondu qu'elle se tourmenterait si quelqu'un ne m'accompagnait pas.

– Comment est-elle? » demanda Kanako.

Au même moment, Mina ouvrit derrière les jeunes filles les portes à glissière et, debout, avança la tête.

« Je croyais qu'on t'avait dit que pour ouvrir les glissières tu étais supposée t'agenouiller d'abord et les ouvrir ensuite, dit sèchement Masako.

– Oui, mademoiselle. » La voix rude et épaisse de Mina ne semblait en rien faire écho au ressentiment de Masako. Kanako se retint de rire à l'allure de Mina. Elle portait une robe faite de pièces et de morceaux d'étoffe de kimono. Une permanente ébouriffait ses cheveux et les bras extraordinairement vigoureux que laissaient voir ses manches étaient aussi foncés que son visage. Ses traits épais disparaissaient sous ses grosses joues, et ses yeux n'étaient que deux fentes. De quelque manière qu'elle se fermât la bouche, on voyait saillir une ou deux de ses dents mal rangées! Il était difficile de discerner sur son visage la moindre expression.

« Quel garde du corps! » murmura Kanako à l'oreille de Masako.

Masako prit un air sévère. « Tu es sûre que tu as compris? Je te l'ai déjà dit, mais je te le répète. De l'instant où nous mettons le pied hors de la maison tu n'ouvres pas la bouche, quoi qu'il arrive, avant que nous n'ayons passé chacun des sept ponts. Un seul mot et tu n'obtiendras pas ce que ta prière demande. Et si quelqu'un que tu connais te parle, tant pis pour toi, mais je ne crois pas que tu coures beaucoup de risques. Encore autre chose. Tu n'as pas le droit de revenir sur tes pas. D'ailleurs Koyumi marchera devant. Tu n'auras qu'à suivre. »

A l'Université, Masako avait donné des comptes rendus des romans de Marcel Proust, mais quand on en venait à ce qui était en question, l'éducation moderne qu'elle avait reçue en classe l'abandonnait complètement.

« Oui, mademoiselle », répondit Mina. Il n'était pas du tout évident qu'elle eût ou qu'elle n'eût pas compris.

« Il faut que tu viennes de toute façon; tu pourrais aussi bien faire un souhait. Tu as pensé à quelque chose?

– Oui, mademoiselle », dit Mina, avec un lent sourire.

Sur ce Koyumi réapparut, en se caressant joyeusement l'estomac. « Je suis prête maintenant.

– Tu nous as bien choisi les ponts? demanda Masako.

– On commence avec le pont Miyoshi. Il enjambe deux bras du fleuve, alors il compte pour deux ponts. N'est-ce pas que ça nous arrange? Je suis maligne, je peux le dire. »

Les trois femmes, qui savaient qu'une fois dehors elles ne pourraient plus prononcer un seul mot, se mirent à parler tout haut et toutes ensembles, comme pour se débarrasser d'une grande accumulation de bavardage. Elles continuèrent jusqu'à la porte de la cuisine. Les socques de vernis noir de Masako l'attendaient sur la terre battue près de la porte. Quand elle glissa ses pieds nus dans les socques, ses ongles bien taillés et polis jetèrent un faible éclat dans l'obscurité. Koyumi s'écria : « Quel chic! Du rouge à ongles et des socques noires – même la lune ne pourra pas te résister!

– Du rouge à ongles! Tu dates, Koyumi!

– Je connais le nom. C'est Mannequin, n'est-ce pas? »

Masako et Kanako se regardèrent et éclatèrent de rire.

Les quatre femmes débouchèrent avenue Showa, Koyumi en tête. Elles traversèrent un parking où beaucoup de taxis, leur journée finie, étaient garés. Le clair de lune se reflétait sur la carrosserie noire. On entendait crier les insectes. Il y avait encore beaucoup de circulation avenue Showa, mais la rue elle-même était endormie et le fracas des motocyclettes paraissait isolé et solitaire en l'absence des autres ordinaires bruits de la rue.

Quelques lambeaux de nuages glissaient dans le ciel sous la lune, et de temps en temps se fondaient à la lourde masse des nuages qui bordait l'horizon. La lune brillait sans rien qui l'obscurcît. Quand le bruit de la circulation faiblissait, le martèlement des socques paraissait rebondir du trottoir jusqu'à la dure surface bleue du ciel.

Koyumi, qui marchait en avant des autres, était contente de n'avoir devant elle qu'une large rue déserte. Koyumi se vantait de s'être toujours débrouillée toute seule, et était enchantée d'avoir l'estomac plein. Elle ne comprenait pas, toute contente qu'elle était de marcher, pourquoi elle voulait tellement avoir plus d'argent. Elle avait le sentiment que ce qu'elle désirait en réalité était de se fondre sans peine et sans raison dans le clair de lune répandu sur le trottoir devant elle. Des éclats de verre brillaient sur le bord de la chaussée. Dans le clair de lune même des éclats de verre brillaient – elle se demandait si ce qu'elle avait toujours voulu posséder ne ressemblait pas à des éclats de verre.

Masako et Kanako, se tenant par le petit doigt, marchaient sur l'ombre que Koyumi projetait derrière elle. L'air de la nuit était frais, et toutes deux sentaient qu'une légère brise se glissait dans leurs manches et glaçait et raidissait leurs seins que l'excitation du départ avait trempés de sueur. Par leurs doigts joints leurs prières se mêlaient, avec d'autant plus d'éloquence qu'aucune parole n'était prononcée.

Masako se représentait la douce voix de R., ses longs yeux bien dessinés, les boucles sur ses tempes. Elle, fille du propriétaire d'un restaurant de premier ordre dans le Shimbashi, il ne fallait pas la confondre avec ses autres adoratrices – et elle ne voyait pas pourquoi sa prière ne lui serait pas accordée. Elle se rappelait comme était léger le souffle de R., lorsqu'il lui parlait, nullement chargé d'alcool. Elle se rappelait ce souffle jeune et viril, embaumé de l'odeur du foin coupé. Lorsque ces souvenirs lui revenaient quand elle était seule, une sorte d'ondée lui parcourait la peau, des genoux jusqu'aux cuisses. Elle était aussi certaine – et cependant aussi peu certaine – de l'existence du corps de R., quelque part dans le monde, que de l'exactitude de ses souvenirs répétés. Une part de doute la torturait sans cesse.

Kanako rêvait d'un homme riche d'âge moyen, et gras. Il fallait qu'il soit gras pour avoir l'air riche. Qu'elle serait heureuse, songeait-elle, de se sentir en fermant les yeux enveloppée de sa large et généreuse protection! Kanako avait l'habitude de fermer les yeux, mais l'expérience jusqu'ici lui avait appris que lorsqu'elle les rouvrait l'homme avait disparu.

Comme d'un commun accord, les deux jeunes filles tournèrent la tête. Mina avançait en silence derrière elles. Les mains aux joues, elle avançait en trébuchant, et butait à chaque pas dans l'ourlet de sa robe. Ses yeux fixaient le vide, sans aucune expression. Masako et Kanako trouvaient à l'allure de Mina quelque chose qui insultait à leurs prières.

Elles tournèrent à droite dans l'avenue Showa, juste à l'endroit où se rencontrent deux districts de l'Est Ginza. La lumière des lampadaires faisait comme des flaques d'eau à intervalles réguliers le long des bâtiments. L'ombre privait de clair de lune les rues étroites.

Elles virent bientôt s'élever devant elles le pont Miyoshi, le premier des sept ponts qu'elles devaient franchir. Il était curieusement construit en *i* grec à cause de la fourche que faisait à cet endroit le fleuve. Les bâtiments sinistres de l'Administration centrale du District s'étalaient sur la rive opposée, et le cadran blanc de l'horloge de la tour indiquait une heure inexacte, absurde dans le noir du ciel. Le pont Miyoshi est bordé d'un parapet assez bas, et à chaque angle de la partie centrale, où se rencontrent les trois parties du pont, s'élève un lampadaire à l'ancienne mode d'où retombe un bouquet de lampes électriques. Chaque branche du bouquet porte quatre globes, mais tous n'étaient pas allumés, et ceux qui ne l'étaient pas luisaient d'une blancheur mate sous la lumière de la lune. Des essaims d'insectes voletaient autour des lampes.

L'eau du fleuve était balayée par le clair de lune.

A l'extrémité du pont, juste avant de le franchir, les jeunes femmes, conduites par Koyumi, joignirent les mains pour prier. Une faible lumière s'éteignit dans un petit bâtiment proche, d'où sortit un homme, qui venait sans doute de finir ses heures supplémentaires, et quittait son travail le dernier. Il allait fermer la porte quand il aperçut l'étrange spectacle et s'arrêta.

Les jeunes femmes commencèrent les unes après les autres à traverser le pont. Ce n'était guère que le prolongement de la chaussée qu'elles avaient suivie allègrement, mais face à leur premier pont leurs pas hésitèrent et s'alourdirent, comme si elles avaient posé le pied sur une scène. Il ne s'en fallait que de quelques mètres pour rejoindre l'autre bras du pont, mais ces quelques mètres leur apportèrent une impression de victoire et de soulagement.

Koyumi s'arrêta sous un lampadaire et, se retournant vers les autres, joignit à nouveau les mains. Les trois femmes l'imitèrent. D'après les calculs de Koyumi, traverser deux des trois parties du pont compterait comme de traverser deux ponts séparés. Ce qui impliquait qu'il leur faudrait prier quatre fois sur le pont Miyoshi, une fois avant et une fois après le parcours de chacun des deux bras.

Masako remarqua, chaque fois que passait un taxi, les visages stupéfaits des clients aux vitres des portières, mais Koyumi n'y prêtait pas la moindre attention.

Une fois arrivées devant l'Administration centrale, et lui tournant le dos, les jeunes femmes firent leur quatrième prière. Kanako et Masako, soulagées d'avoir franchi les deux ponts sans incident, et qui jusque-là n'avaient pas pris très au sérieux leurs prières, commençaient à y attacher une importance primordiale.

Masako était de plus en plus certaine qu'elle préférerait mourir que n'être pas avec R. Le seul fait de traverser deux ponts avait décuplé ses désirs. Kanako était maintenant convaincue que la vie ne vaudrait pas la peine d'être vécue si elle ne pouvait pas trouver un bon protecteur. Pendant leur prière, leur cœur s'enflait d'émotion, et Masako eut soudain les yeux brûlants.

Elle jeta un coup d'œil de côté. Mina, les yeux fermés, joignait pieusement les mains. Masako était persuadée que quelle que fût la prière de Mina, elle ne pouvait avoir autant d'importance que la sienne. Elle éprouvait pour le vide et l'insensibilité du cœur de Mina mépris et aussi envie.

Elles se dirigeaient vers le sud, en suivant le fleuve jusqu'à la ligne de tramways. Le dernier tram était naturellement rentré depuis lontemps et les rails qui dans la journée brûlaient sous le soleil de l'automne commençant figuraient maintenant deux lignes blanches et froides.

Avant même qu'elles n'aient atteint les rails Kanako fut prise de curieuses douleurs dans le ventre. Elle avait dû manger quelque chose qui ne lui avait pas réussi. Les premiers légers symptômes d'une douleur déchirante disparurent au bout de deux ou trois pas, avec le soulagement et l'oubli de la douleur, mais ce soulagement fut vite remis en question, et à peine se persuadait-elle avoir oublié la douleur, qu'elle se réaffirmait.

Le pont Tsukiji était le troisième. A l'entrée de ce morne pont au cœur de la ville elles remarquèrent un saule, planté fidèlement suivant la tradition. Un saule solitaire, qu'elles n'auraient jamais remarqué si elles étaient passées en voiture, poussait dans un petit rond de terre meuble au milieu du béton. Fidèles à la tradition, les feuilles tremblaient au vent du fleuve. Tard dans la nuit les bruyants immeubles étaient morts, et le saule était seul à vivre.

Koyumi, debout à l'ombre du saule, joignit les mains avant de traverser le pont Tsukiji. C'était peut-être le sentiment de sa responsabilité en tant que chef de l'expédition qui tenait plus droite qu'à l'accoutumée la petite silhouette dodue de Koyumi. En réalité, Koyumi avait oublié depuis longtemps l'objet de sa prière. L'important maintenant était de traverser sans incident majeur les sept ponts. Cette décision de franchir les ponts quoi qu'il arrive lui paraissait le signe que la traversée des ponts était par elle-même devenue l'objet de sa prière. C'était une vue très singulière, mais Koyumi se rendait compte que c'était là, comme ses brusques fringales, partie intégrante de sa façon de vivre, et elle finit par s'en convaincre à mesure qu'elle avançait sous le clair de lune. Elle se redressa plus encore, le regard fixé droit devant elle.

Le pont Tsukiji manque tout à fait de charme. Les quatre piliers de pierre qui en marquent les extrémités n'ont aucune beauté non plus. Mais en traversant le pont les jeunes femmes perçurent pour la première fois quelque chose qui ressemblait à l'odeur de la mer et sentirent le souffle d'un vent chargé de sel. Même l'enseigne rouge en néon d'une compagnie d'assurances, qu'on voyait au sud en aval du fleuve, leur parut un signal de feu qui annonçait l'approche régulière de la mer.

Elles traversèrent le pont et firent une nouvelle prière. La douleur, aiguë maintenant, que ressentait Kanako, lui donnait la nausée. Elles franchirent les rails du tramway pour avancer entre les vieux bâtiments jaunes des Entreprises S. et le fleuve. Peu à peu Kanako perdit du terrain. Masako, inquiète, ralentit aussi l'allure, mais elle ne pouvait pas ouvrir la bouche pour demander à Kanako si tout allait bien. Finalement, Kanako se fit comprendre par gestes, les mains sur le ventre, et faisant une grimace de douleur.

Koyumi, pour ainsi dire en état d'ivresse, continuait à marcher triomphalement à la même allure, sans voir ce qui se passait. La distance entre elle et les deux autres augmenta.

Et voilà qu'avec un superbe protecteur sous les yeux, si proche qu'il n'y avait qu'à tendre la main pour s'emparer de lui, voilà que Kanako se rendait compte que ses mains ne l'atteindraient jamais. Son visage avait pris une pâleur mortelle, et la sueur lui ruisselait du front. Il est toutefois surprenant combien le cœur humain est adaptable : à mesure qu'augmentait la douleur dans son ventre, les vœux de Kanako, dont elle désirait si fort l'accomplissement un instant plus tôt, cette prière qui semblait sur le point d'être exaucée, perdirent en quelque façon toute réalité, et elle en vint à se dire que ses désirs n'avaient été dès le départ qu'imagination sans réalité, que rêves enfantins. Elle avançait difficilement, en luttant contre d'incessantes vagues de douleur, et il lui semblait que la douleur cesserait sitôt qu'elle aurait abandonné ses absurdes illusions.

Quand enfin le quatrième pont fut en vue, Kanako posa légèrement la main sur l'épaule de Masako et, avec une mimique de danseuse, lui montra son ventre et secoua la tête. Ses cheveux défaits, collés sur ses joues par la sueur semblaient dire qu'elle ne pouvait aller plus loin. Elle tourna brusquement les talons et repartit en courant vers les rails.

Le premier mouvement de Masako fut de courir après Kanako, mais elle se souvint que l'efficacité de ses prières serait détruite si elle revenait sur ses pas, alors elle s'arrêta et se contenta de regarder courir Kanako. Koyumi ne s'aperçut que quelque chose n'allait pas seulement lorsqu'elle atteignit le pont. A ce moment-là, Kanako courait comme une folle sous le clair de lune, sans souci de sa tenue. Son kimono bleu et blanc voletait, et le fracas de ses socques était repris en écho par les murs des bâtiments voisins. On apercevait par chance un taxi isolé arrêté au coin.

Le quatrième pont était le pont Irifuna. Elles le traverseraient dans la direction opposée à celle qu'elles avaient prise pour traverser le pont Tsukiji.

Les trois jeunes femmes s'arrêtèrent à l'entrée

du pont et prièrent avec les mêmes gestes. Masako était désolée pour Kanako, mais sa pitié ne coulait pas autant de source que d'habitude. Ce qui lui traversa l'esprit assez froidement fut la réflexion que quiconque quitterait les rangs aurait désormais à suivre un autre chemin que le sien. Toute prière était pour chaque femme une affaire personnelle et même s'il se présentait un danger on ne pouvait pas exiger que Masako reprît le fardeau d'une autre. Ce ne serait pas aider quelqu'un à porter sa charge au sommet de la montagne – ce serait faire quelque chose qui ne servirait à rien ni à personne.

Le nom « pont Trifuna » était inscrit en lettres blanches sur une plaque horizontale de métal fixée à un pilier à l'entrée du pont. Le pont lui-même s'élevait dans l'ombre, et sa chaussée cimentée était prise dans l'éclat impitoyable que renvoyait de la rive opposée la station d'essence Caltex. On apercevait dans le fleuve une petite lumière à l'endroit où se projetait l'ombre du pont. L'homme qui vivait au bout de la jetée dans une cabane délabrée n'était sans doute pas encore couché, et la lumière était la sienne. Sa cabane était ornée de fleurs en pot et une inscription annonçait : « Bateaux de plaisance, bateaux de pêche, filets, halage. »

La ligne de toits des innombrables bâtiments de l'autre côté du fleuve s'abaissa peu à peu, et l'on aurait dit que le ciel nocturne s'ouvrait à mesure qu'elles avançaient. Elles remarquèrent que la lune, qui avait tant d'éclat tout à l'heure, ne se voyait plus qu'en transparence à travers de légers nuages. Les nuages s'étaient assemblés et couvraient tout le ciel.

Les jeunes femmes traversèrent le pont Trifuna sans incident.

Passé le pont Trifuna le fleuve fait presque un angle droit. Le cinquième pont était assez loin. Elles auraient à suivre le fleuve le long du large quai désert jusqu'au pont Akatsuki.

Les bâtiments sur leur droite étaient pour la plupart des restaurants. Sur leur gauche au bord même du fleuve il y avait des amoncellements de pierre, de gravier et de sable pour quelque projet de construction, et les sombres monceaux se répandaient à demi sur la chaussée. Bientôt les bâtiments imposants de l'hôpital Saint-Luc s'apercevraient sur leur gauche de l'autre côté du fleuve. L'hôpital formait une masse morne dans la brume du clair de lune. L'énorme croix dorée qui le surmontait était illuminée, et les lumières rouges des signaux pour les avions, comme faisant une cour à la croix, clignotaient çà et là sur les toits avoisinants, pour délimiter les toits et le ciel. Les lumières de la chapelle derrière l'hôpital étaient éteintes, mais les nervures de la grande rose gothique du vitrail étaient clairement visibles. Aux fenêtres de l'hôpital quelques pâles lumières étaient encore allumées.

Les trois femmes marchaient en silence. Masako, absorbée par la tâche qui l'attendait, ne pouvait guère penser à autre chose. Elles avaient si bien accéléré le pas qu'elle était maintenant moite de sueur. Puis – elle crut d'abord qu'elle se faisait des imaginations – le ciel, où l'on voyait encore la lune, devint menaçant, et elle sentit quelques gouttes de pluie sur le front. Heureusement, la pluie ne semblait quand même pas tourner à l'averse.

Maintenant se profilait le pont Akatsuki, leur cinquième. Les piliers de ciment, blanchis à la chaux on ne sait pourquoi, avaient l'air de fantômes dans l'ombre. Comme Masako joignait les mains à l'entrée du pont, elle trébucha contre un tuyau de fonte et faillit tomber. De l'autre côté du pont le tramway tournait devant l'hôpital Saint-Luc.

Le pont n'était pas long. Les jeunes femmes marchaient si vite qu'elles l'eurent presque immédiatement traversé, mais une fois sur l'autre rive Koyumi rencontra la malchance. Une femme qui venait de se laver les cheveux et portait à la main une cuvette métallique avançait à leur rencontre. Elle marchait vite, et son kimono défait, qui bâillait sur l'épaule, lui donnait l'air souillon. Masako ne fit que l'entrevoir, mais la mortelle pâleur du visage sous les cheveux mouillés lui donna le frisson.

La femme s'arrêta sur le pont et se retourna : « Mais c'est Koyumi, non? Ça fait des siècles, hein? Et tu fais semblant de ne pas me reconnaître? – Koyumi, tu te souviens bien de moi! » Elle allongeait le cou pour dévisager Koyumi, et lui barrait le passage. Koyumi baissa les yeux et ne répondit pas. La voix de la femme était aiguë et mal timbrée, on aurait dit du vent sifflant par une crevasse. Elle continuait son monologue, comme si elle ne s'était pas adressée à Koyumi, mais à quelqu'un qui n'était pas là. « Je reviens juste des bains. Ça fait des siècles! Et se rencontrer là! »

Koyumi, sentant la main de la femme sur son épaule, finit par ouvrir les yeux. Elle se rendait compte que ce n'était pas la peine de marchander à la femme une réponse – le fait que quelqu'un qu'elle connaissait lui eût adressé la parole suffisait pour anéantir sa prière.

Masako regarda le visage de la femme. Elle réfléchit un moment, puis reprit sa marche, laissant Koyumi derrière elle. Masako se rappelait le visage de la femme. C'était une vieille geisha qui avait joué quelque temps dans le Shimbashi juste après la guerre. Elle s'appelait Koen. Elle était devenue un peu bizarre, se conduisait malgré son âge comme une adolescente, et on avait fini par la rayer des listes de geishas. Il n'était pas surprenant que Koen ait reconnu Koyumi, qui était une vieille amie, mais c'était un coup de chance qu'elle eût oublié Masako.

Le sixième pont était juste devant elles, le pont Sakai, petite construction que désignait seulement une flèche de métal peinte en vert. Masako se hâta de s'acquitter de sa prière au pied du pont et le traversa presque en courant. Quand elle tourna la tête, elle constata avec soulagement qu'on ne voyait plus Koyumi. Juste derrière elle, suivait Mina, l'air toujours boudeur.

Quelques gouttes de pluie frappèrent de nouveau le visage de Masako. La route devant elle était bordée d'entrepôts, et des bâtisses lui cachaient la rivière. Il faisait très noir. Des lampadaires allumés au loin rendaient la distance qui la séparait d'eux encore plus obscure. Masako n'avait pas particulièrement peur de se promener dans les rues si tard la nuit. Elle aimait l'aventure, et le but qu'elle poursuivait, l'objet de sa prière, lui donnait du courage. Mais le bruit des socques de Mina, qui lui faisait écho derrière elle, commençait à lui peser lourdement. En réalité, le claquement des socques avait quelque chose d'irrégulier et de joyeux, mais la tranquille démarche de Mina, qui faisait contraste avec les petits pas précieux de Masako, semblait poursuivre Masako pour se moquer d'elle.

Avant que Kanako ait abandonné, la présence de Mina avait simplement inspiré un peu de mépris à Masako, mais depuis elle avait commencé à lui peser, et maintenant qu'elles n'étaient plus que deux, Masako ne pouvait pas s'empêcher d'être agacée malgré elle : ce que cette fille du fond de la campagne pouvait bien demander dans ses prières était une énigme. Il était désagréable d'avoir cette grosse bonne femme, dont on ne connaissait pas les intentions, à trotter derrière elle. Non. C'était moins désagréable que ce n'était inquiétant, et Masako sentait son malaise augmenter jusqu'à la terreur.

Masako ne s'était jamais rendu compte comme il était troublant de ne pas savoir ce qu'une autre personne voulait. Elle avait le sentiment qu'une sorte de masse obscure la suivait, pas du tout comme Kanako ou Koyumi, dont les prières avaient été si transparentes qu'elle avait pu les percer. Masako tenta désespérément de raviver sa nostalgie de R. Elle la voulait plus brûlante que jamais. Elle évoqua son visage. Elle songea à sa voix. Elle se rappela son souffle juvénile. Mais l'image se dissipa aussitôt, et elle n'essaya pas de la reformer.

Il fallait qu'elle franchît au plus vite le septième pont. Jusque-là elle ne penserait à rien.

Les lampadaires qu'elle avait vus dans le lointain se mirent à ressembler aux lumières qui éclairent l'entrée du pont. Elle voyait qu'elle approchait d'une grande voie de circulation, et le pont ne pouvait plus être loin.

Vint d'abord un petit parc, où les lumières qu'elle avait vues brillaient sur les flaques noires que la pluie marquait dans un tas de sable, puis vint le pont lui-même, dont le nom « pont Bizen » était inscrit sur un pilier de béton à l'entrée. Une seule ampoule au sommet du pilier donnait une faible lumière. Masako vit sur sa droite, de l'autre côté du fleuve, le temple Tsukiji Honganji; la courbe verte de son toit s'élevait dans le ciel nocturne. Elle reconnut l'endroit. Il lui faudrait faire attention lorsqu'elle aurait traversé le pont de ne pas rentrer par le même chemin.

Masako poussa un soupir de soulagement. Elle joignit les mains à l'entrée du pont, et pour compenser la désinvolture de ses premières prières, elle pria cette fois avec soin et avec piété. Du coin de l'œil elle voyait Mina, qui la singeait comme d'habitude, en joignant ses grosses mains. Le spectacle agaça tellement Masako qu'elle en oublia l'objet de ses prières, et que les mots qui lui venaient à la bouche furent : « J'aurais voulu ne pas l'emmener. Elle est vraiment exaspérante. Je n'aurais jamais dû l'emmener. »

A cet instant une voix d'homme interpella Masako. Elle se sentit raidir. Un agent était debout devant elle. Il avait le visage jeune et tendu, et une voix aiguë. « Qu'est-ce que vous faites ici en pleine nuit, dans un pareil endroit? »

Masako ne pouvait pas répondre. Un seul mot serait la ruine de tout. Elle comprit immédiatement par les questions haletantes de l'agent de police qu'il se trompait : il croyait que la jeune fille qui faisait en pleine nuit ses prières sur un pont avait l'intention de se jeter à l'eau. Masako ne pouvait pas parler. Elle aurait voulu faire comprendre à Mina qu'il fallait répondre à sa place. Elle tira sur la robe de Mina pour essayer d'éveiller son intelligence. Aussi stupide qu'elle fût, il était inconcevable que Mina ne comprît pas, mais elle gardait la bouche obstinément fermée. Masako atterrée vit que Mina – soit pour obéir aux premières instructions reçues, soit pour protéger sa propre prière – était décidée à ne pas parler.

Le ton de l'agent de police devint plus rude : « Répondez. J'exige une réponse. »

Masako conclut que ce qu'elle avait de mieux à

faire était de courir jusqu'à l'autre côté du pont et de s'expliquer quand elle aurait traversé. Elle bondit, échappant aux mains de l'agent, et vit que Mina courait après elle.

A mi-chemin, au milieu du pont, l'agent rattrapa Masako. Il la prit par le bras. « On essaie de se sauver, hein?

– Me sauver! En voilà une idée! Vous me faites mal, à me serrer le bras comme ça! » Masako avait crié avant même de s'en apercevoir. Puis, comprenant que ses prières avaient été réduites à rien, elle contempla, brûlante de fureur, l'autre côté du pont où Mina, qui avait passé sans accroc, achevait sa quatorzième et dernière prière.

Masako, exaspérée, se plaignit à sa mère quand elle rentra, et sa mère, qui ne savait pas de quoi il s'agissait, réprimanda Mina. « D'ailleurs tu priais pour quoi? » demanda-t-elle à Mina.

Mina ne répondit que par un sourire grimaçant.

Quelques jours plus tard, Masako, un peu réconfortée, taquinait Mina. Elle lui demandait pour la centième fois : « Qu'est-ce que c'était ta prière? C'était pour quoi? Dis-le-moi. Sûrement maintenant tu peux bien me le dire. »

Mina se déroba par un petit sourire.

« Tu es épouvantable, Mina, vraiment épouvantable. »

De ses doigts pointus aux ongles soigneusement faits, Masako poussa Mina à l'épaule. La dure chair élastique résistait aux ongles. Un curieux engourdissement envahit le bout des doigts de Masako, qui ne sut plus que faire de sa main.

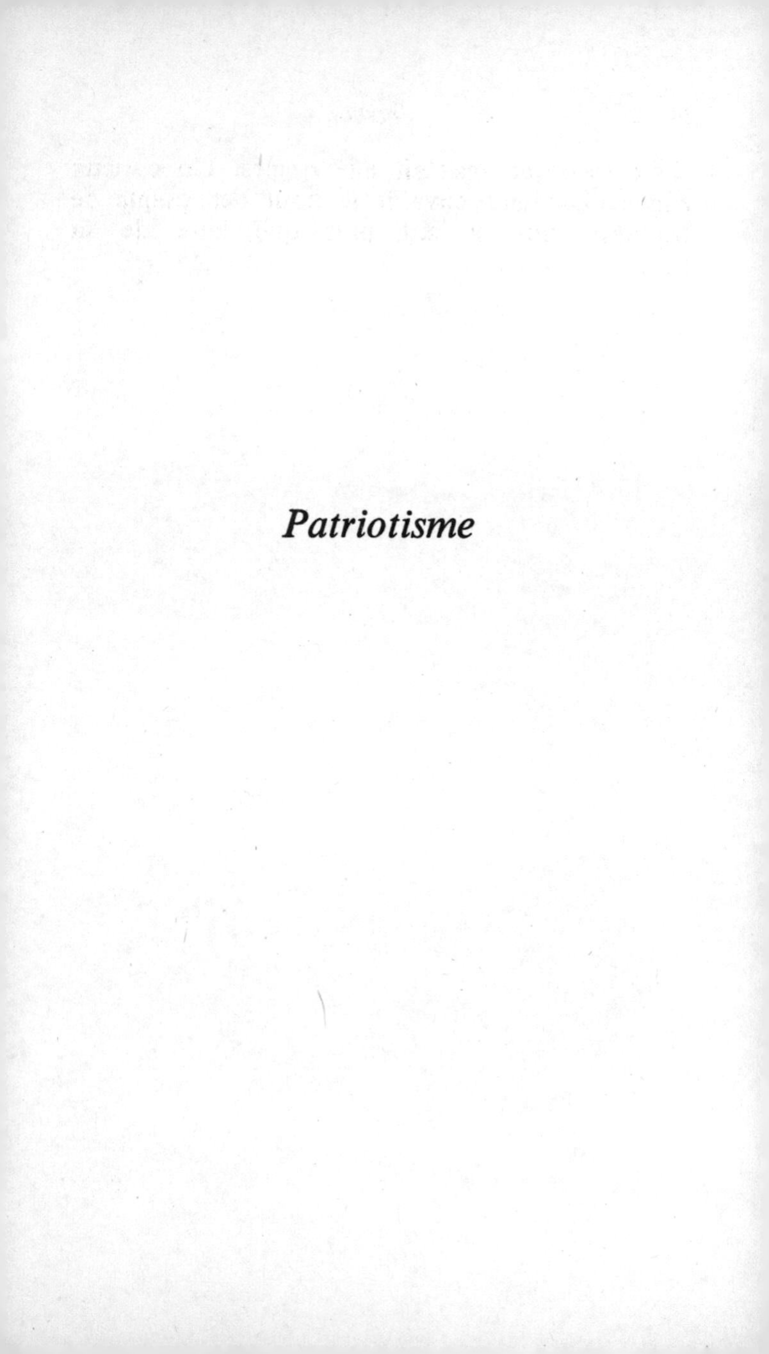

Patriotisme

1

Le 28 février 1936 (c'est-à-dire le troisième jour de l'Incident du 26 février), le lieutenant Shinji Takeyama du Bataillon des Transports de Konoe – bouleversé d'apprendre que ses plus proches camarades faisaient partie des mutins et indigné à l'idée de voir des troupes impériales attaquer des troupes impériales – prit son sabre d'ordonnance et s'éventra rituellement dans la salle aux huit nattes de sa maison particulière, Résidence Yotsuya, sixième d'Aoba-chô. Sa femme, Reiko, suivit son exemple et se poignarda. La lettre d'adieu du lieutenant tenait en une phrase : « Vive l'armée impériale. » Sa femme, après s'être excusée de précéder, en fille dénaturée, ses parents dans la tombe, terminait ainsi la sienne : « Le jour est venu qui doit nécessairement venir pour une femme de soldat... » Les derniers moments de ce couple héroïque et consacré furent à faire pleurer les dieux. Remarquons que le lieutenant avait trente et un ans et sa femme vingt-trois; la moitié d'une année ne s'était pas écoulée depuis leurs noces.

2

Ceux qui avaient vu la photo du mariage, non moins peut-être que ceux qui y assistaient, s'étaient émerveillés de l'allure et de la beauté des jeunes gens. Le lieutenant, debout, imposant sous l'uniforme, la main droite sur la poignée du sabre, le képi à la main gauche, semblait protéger la jeune femme. Il avait une expression sévère, et sous les noirs sourcils le regard de ses larges yeux rayonnait de jeunesse et de droiture. On n'imaginait rien de comparable à la beauté de la jeune femme chez qui sensualité et délicatesse se mêlaient; les lèvres pleines, le nez mince et fin, les yeux paisibles sous la douceur des sourcils. Une main glissée timidement hors la manche du kimono tenait un éventail, et l'extrémité des doigts, réunie en précieux bouquet, ressemblait à un bouton de marguerite.

Après le suicide, quand on reprenait cette photo pour l'examiner, on se disait avec tristesse qu'une malédiction pèse trop souvent sur ces unions en apparence sans faille. Ce n'était peut-être qu'imagination, mais à regarder l'image après la tragédie, il semblait presque que les deux jeunes gens immobiles devant le paravent de laque et d'or contemplaient, avec chacun la même certitude, la mort qui les attendait.

Grâce aux bons offices de leur médiateur, le lieutenant général Ozeki, ils avaient pu s'installer dans une maison neuve d'Aoba-chô à Yotsuya.

Maison neuve est sûrement trop dire. C'était, en location, une vieille maison de trois pièces qui donnait à l'arrière sur un petit jardin. Comme ni la pièce de six nattes, ni celle de quatre nattes et demie au rez-de-chaussée ne bénéficiaient du soleil, ils utilisèrent la pièce de huit nattes à l'étage à la fois comme pièce de réception et comme chambre à coucher. Ils n'avaient pas de bonne, si bien que Reiko, en l'absence de son mari, gardait seule la maison.

Ils se dispensèrent du voyage de noces sous prétexte que le pays était en état d'alerte, et passèrent la première nuit de leur mariage dans cette maison. Avant de se coucher, Shinji, assis sur la natte, le buste droit, son sabre posé devant lui, avait fait à sa femme un discours militaire. Une femme qui devient femme de soldat doit savoir que son mari peut mourir à tout moment, et résolument l'accepter. Ce pourrait être demain. Ou le jour d'après. Mais, dit-il, peu importe quand, était-elle absolument ferme dans sa résolution de l'accepter? Reiko se leva, ouvrit un tiroir du secrétaire et y prit le plus cher de ses nouveaux trésors, le poignard que lui avait donné sa mère. Revenue à sa place, elle posa sans un mot le poignard devant elle, comme son mari avait posé son sabre. Ils se comprirent en silence aussitôt, et le lieutenant ne chercha plus jamais à mettre à l'épreuve la résolution de sa femme.

Dans les tout premiers mois de son mariage, la beauté de Reiko devint de jour en jour plus éclatante, elle rayonnait avec la sérénité de la lune après la pluie.

Comme tous deux étaient jeunes et vigoureux, la passion menait leurs rapports. Et pas uniquement la nuit. Plus d'une fois, revenant tout droit des manœuvres, à peine rentré chez lui et sans même prendre le temps d'ôter son uniforme couvert de boue, le lieutenant avait renversé sa femme sur le sol. Reiko montrait la même ardeur. Un mois environ après leur nuit de noces, Reiko connut le bonheur et le lieutenant, s'en rendant compte, fut heureux comme elle.

Le corps de Reiko était chaste et blanc. Sitôt consentante, sa pudique poitrine ronde livrait généreusement sa chaleur. Même au lit, ils étaient, l'un et l'autre, sérieux à faire peur. Au sommet le plus fou de la plus enivrante passion ils gardaient le cœur sévère et pur.

Dans la journée le lieutenant pensait à sa femme durant les pauses de l'exercice, et tout au long du jour, chez elle, Reiko se représentait l'image de son mari. Même séparés ils n'avaient cependant qu'à regarder la photo de leur mariage pour que se confirmât leur bonheur. Reiko n'éprouvait pas la moindre surprise à voir qu'un homme, il y a quelques mois complètement étranger, ait pu devenir le soleil autour duquel tournait son univers tout entier.

Toutes ces choses avaient une base morale et obéissaient au Décret sur l'Education qui ordonnait au mari et à la femme de « vivre en harmonie ». Pas une fois Reiko ne contredit son mari, et le lieutenant n'eut pas une fois l'occasion de gronder sa femme. Sur l'autel de la Divinité, sous l'escalier, auprès de la tablette du Grand Sanctuaire d'Isé, étaient disposées des photos de Leurs Majestés Impériales et régulièrement tous les matins, avant de partir à son service, le lieutenant s'arrêtait avec sa femme en ce lieu consacré, et tous deux courbaient profondément la tête. L'offrande de l'eau était renouvelée tous les jours, et le rameau sacré de *sasaki* toujours frais et verdoyant. Ils menaient leur vie sous la grave protection des dieux et le bonheur qui les comblait faisait trembler toutes les fibres de leurs corps.

3

La maison du Garde des Sceaux, Saïto, était située dans le voisinage; cependant ils n'entendirent ni l'un ni l'autre la fusillade le matin du 26 février. C'est une trompette sonnant le rassemblement dans la petite aube enneigée, après les dix minutes de tragédie, qui réveilla le lieutenant de son sommeil. Sautant aussitôt du lit, sans un mot, il revêtit son uniforme, accrocha le sabre que lui tendait sa femme et sortit en hâte; les rues étaient couvertes de neige et il faisait encore noir. Il ne revint que le soir du 28.

Plus tard, par la radio, Reiko apprit toute l'étendue du brusque éclat de violence. Pendant les deux jours qui suivirent elle vécut seule, dans une tranquillité absolue, derrière les portes fermées.

Sur le visage du lieutenant, quand il s'était élancé le matin sous la neige, Reiko avait lu la résolution de mourir. Si son mari ne revenait pas, elle avait pris sa propre décision : elle mourrait aussi. Elle régla tranquillement la distribution de ce qui lui appartenait. Elle fit un choix parmi ses kimonos pour les laisser en souvenir à ses amies d'enfance et camarades de classe, les enveloppa et, sur chaque paquet, écrivit un nom et une adresse. Son mari lui ayant constamment interdit de penser au lendemain, Reiko n'avait jamais tenu de journal et se voyait privée du plaisir de lire et de relire le détail de son bonheur des derniers mois, comme d'en brûler les pages au fur et à mesure. Sur le poste de radio il y avait un petit chien de porcelaine, un lapin, un écureuil, un ours, un renard. Il y avait aussi un petit vase et un pot à eau. Reiko n'avait jamais rien collectionné d'autre. Mais il lui parut difficile de distribuer ces choses-là. Il ne serait pas davantage bien convenable de spécifier qu'il fallait les mettre dans son cercueil. Comme elle réfléchissait ainsi, l'expression des petits animaux parut à Reiko de plus en plus mélancolique et lointaine.

Reiko prit l'écureuil dans sa main pour le regarder. Puis sa pensée se tourna vers un domaine qui dépassait de beaucoup ces attachements enfantins, et contempla, dans le lointain, le grand principe solaire que son mari incarnait. Elle était prête à se précipiter à sa perte, et heureuse d'être emportée dans l'éblouissant char du soleil – mais pendant quelques instants de solitude elle s'accordait la douceur de s'abandonner à cette innocente frivolité. Le temps était loin, cependant, où elle avait vraiment aimé ces babioles. Elle n'aimait plus désormais que le souvenir de les voir aimées jadis, et la place qu'elles occupaient dans son cœur avait été comblée par des passions plus intenses et par la violence du bonheur... Car jamais Reiko, même en elle-même, n'avait considéré uniquement comme plaisir les enivrantes joies de la chair. Le froid de février, et le contact glacé de l'écureuil en porcelaine, avaient engourdi ses doigts fins; et malgré tout, à l'idée des bras puissants de son mari tendus vers elle, elle sentait dans le reste de son corps, sous le dessin régulier de son strict kimono de *meisen*, se répandre une brûlante moiteur charnelle qui défiait les neiges.

Elle n'avait pas du tout peur de la mort qui bougeait dans sa tête. Seule chez elle, à attendre, Reiko était convaincue que tout ce que son mari pouvait éprouver ou penser la conduisait – aussi sûrement que le pouvoir sur elle de sa chair – vers une mort qui serait la bienvenue. Elle avait le sentiment qu'à la moindre pensée de son mari son corps saurait aisément se transformer et se dissoudre.

En écoutant les fréquents communiqués de la radio, elle entendit citer, parmi les noms des insurgés, plusieurs collègues de son mari. Ces nouvelles-là annonçaient la mort. Elle suivit avec soin les événements, se demandant avec angoisse, à mesure que de jour en jour la situation devenait plus irréversible, pourquoi aucun décret impérial n'intervenait; si bien que ce qu'on avait tout d'abord pris comme un mouvement destiné à rétablir l'honneur de la nation se voyait peu à peu marqué d'infamie et appelé mutinerie. Aucun message ne venait du régiment. A tout moment, semblait-il, on pouvait commencer à se battre dans les rues de la ville que recouvrait toujours le restant de neige.

Le 28, vers le coucher du soleil, des coups violents sur la porte d'entrée firent sursauter Reiko. Elle descendit en hâte. En tirant maladroitement les verrous, elle aperçut derrière l'épaisseur du verre une silhouette indécise, silencieuse et sut que c'était son mari. Jamais elle n'avait trouvé si dur le verrou. Il ne cédait toujours pas. La porte ne voulait pas s'ouvrir.

Une seconde plus tard, à peine avait-elle compris qu'elle avait réussi, le lieutenant était debout près d'elle sur le ciment du vestibule, engoncé dans sa capote kaki, les bottes alourdies par la boue de la rue. Il referma la porte derrière lui et repoussa le verrou. Quel sens avait ce geste? Reiko ne le comprit pas.

« Soyez le bienvenu. »

Reiko s'inclina profondément, mais son mari ne répondit pas. Comme il avait détaché son sabre et qu'il allait enlever sa capote, Reiko passa derrière lui pour l'aider. Le manteau, qui était humide et froid et avait perdu l'odeur de crottin qu'au soleil il dégageait normalement, pesait lourd sur son bras. Elle le suspendit à un portemanteau et, serrant dans ses grandes manches le ceinturon de cuir et le sabre, elle attendit que son mari eût ôté ses bottes pour le suivre dans le living-room. C'était, au rez-de-chaussée, la pièce à six nattes.

A la lumière de la lampe le visage de son mari, couvert d'une épaisse barbe de deux jours, amaigri, ravagé, était presque méconnaissable. Les joues étaient creuses, elles avaient perdu leur éclat, leur fermeté. Normalement il se serait tout de suite changé et aurait réclamé son dîner, mais il s'assit devant la table, toujours en uniforme, accablé, tête baissée. Reiko n'osa pas lui demander s'il fallait préparer le dîner.

Au bout d'un moment il parla.

« Je ne savais rien. Ils ne m'avaient pas demandé d'être avec eux. Peut-être parce que je venais de me marier. Kano, Homma aussi, et Yamaguchi. »

Reiko revit un instant les visages de jeunes officiers enthousiastes, des amis de son mari qu'il avait invités quelquefois.

« Il y aura peut-être demain un décret impérial. Ils seront déclarés rebelles, j'imagine. J'aurai le commandement d'une unité et ordre de les attaquer... Je ne peux pas. C'est impossible de faire une chose pareille. »

Il reprit :

« On m'a libéré de mon tour de garde et j'ai la permission de rentrer chez moi cette nuit. Demain matin, sans faute, il faudra que je reparte pour l'attaque. Je ne peux pas, Reiko. »

Reiko était assise bien droite, les yeux baissés. Elle avait clairement compris que son mari parlait de sa mort. Le lieutenant était résolu. Chacune de ses paroles, enracinée dans la mort, libérait puissamment son plein sens et s'inscrivait en clair sur l'immobile et sombre arrière-plan. Bien que le lieutenant eût posé le dilemme, il n'y avait déjà plus place en lui pour l'hésitation.

Toutefois, il y avait quelque chose de limpide, comme l'eau d'un torrent nourri de la fonte des neiges, dans le silence qui s'établissait entre eux. Assis dans sa propre demeure, après deux longues journées d'épreuve, le lieutenant pour la première fois éprouvait une paix véritable. Car il avait su tout de suite, bien qu'elle n'eût rien dit, que sa femme avait deviné la résolution cachée derrière ses paroles.

« Eh bien... » Les yeux du lieutenant s'ouvrirent tout grands. Malgré son épuisement son regard était vigoureux et clair, et pour la première fois se planta droit dans les yeux de sa femme. « Ce soir je m'ouvrirai le ventre. »

Reiko ne broncha pas.

Son paisible regard se tendit comme une corde frappée à l'aigu.

« Je suis prête, dit-elle. Je demande la permission de vous accompagner. »

Le lieutenant se sentit presque hypnotisé par la force de son regard. Il répondit vite et facilement, comme on parle dans le délire et sans comprendre lui-même comment une permission de si lourde conséquence pouvait être accordée si légèrement.

« Bien. Nous partirons ensemble. Mais j'ai besoin de vous comme témoin, d'abord, à mon propre suicide. D'accord? »

Une fois cela dit, brusquement, un violent bonheur les submergea tous deux. Reiko était touchée au cœur par la grandiose confiance de son mari. Il était essentiel pour le lieutenant, quoi qu'il arrivât par ailleurs, qu'il n'y eût aucune irrégularité dans sa mort. Pour cela il fallait un témoin. Le fait d'avoir choisi sa femme était une première marque de sa confiance. La seconde, plus grande encore, était qu'après s'être engagés à ce qu'ils meurent ensemble, il n'ait pas eu l'intention de tuer d'abord sa femme – qu'il ait différé sa mort jusqu'à l'instant où lui-même ne serait plus là pour la vérifier. Si le lieutenant avait été un mari soupçonneux il aurait, sans aucun doute, comme il en est coutume dans les doubles suicides, préféré tuer d'abord sa femme.

Lorsque Reiko dit : « Je demande la permission de vous accompagner », le lieutenant eut le sentiment que ces paroles étaient le fruit de l'enseignement qu'il avait lui-même dispensé à sa femme dès le premier soir de leur mariage, enseignement qui l'avait dressée à dire sans hésiter, le moment venu, ce qui devait être dit. Il se sentait flatté dans l'idée qu'il se faisait de sa propre conduite. Car il n'était ni vaniteux ni romantique et n'imaginait pas que les paroles de Reiko aient pu lui venir spontanément par amour pour son mari.

Le cœur presque débordant de bonheur ils ne purent s'empêcher de se sourire. Reiko se crut revenue à la nuit de ses noces.

Elle n'avait devant les yeux ni la douleur ni la mort. Elle croyait ne voir qu'un libre paysage sans limites ouvert sur des horizons infinis.

« L'eau est chaude. Voulez-vous prendre votre bain maintenant?

– Ah oui, bien sûr.

– Et dîner?... »

Les mots étaient prononcés sur un ton si tranquille et si familier que le lieutenant, une fraction de seconde, faillit croire que tout ce qui s'était passé n'était qu'hallucination.

« Je crois que nous n'aurons pas besoin de dîner. Mais faites peut-être tiédir du saké?

– Comme vous voudrez. »

En se levant pour prendre un peignoir de bain, Reiko fit en sorte d'attirer l'attention de son mari sur le contenu du tiroir. Il se leva, s'avança jusqu'au secrétaire et regarda. Il lut une à une les adresses écrites sur chaque souvenir soigneusement enveloppé et rangé. Cette preuve d'héroïsme et de résolution ne lui fit pas de chagrin mais lui remplit le cœur de tendresse. Comme un mari à qui sa jeune femme montre d'enfantins cadeaux, le lieutenant, derrière elle, bouleversé, la saisit dans ses bras et l'embrassa sur la nuque.

Reiko perçut contre sa nuque la rudesse du menton non rasé de son mari. Cette sensation, pour elle, au lieu d'être simplement une des choses de ce monde, non seulement lui parut le contenir tout entier, mais encore – puisqu'elle savait qu'elle allait le perdre à jamais – la saisit avec une acuité qu'elle n'avait jamais éprouvée. Chacun des instants qui passaient apportait sa nouveauté et sa force particulière et réveillait ses sens dans toutes les parties de son corps. Acceptant sans bouger la caresse de son mari, Reiko se dressa sur la pointe des pieds pour permettre au plaisir de se répandre dans toutes ses fibres.

Le lieutenant murmura à l'oreille de sa femme :

« Le bain d'abord, et puis un peu de saké... ensuite, dépliez le lit là-haut, voulez-vous? »

Reiko acquiesça en silence.

Le lieutenant ôta son uniforme puis alla se baigner. Reiko, tout en prêtant l'oreille aux bruits d'eau remuée, ranima le brasero du living-room et commença à chauffer le saké; puis, prenant le peignoir, une ceinture et des sous-vêtements, alla voir dans la salle de bains si l'eau était assez chaude. Au milieu des nuages de vapeur le lieutenant, assis par terre en tailleur, se rasait et l'on apercevait vaguement, sur son dos puissant, le mouvement des muscles qui répondaient aux mouvements de ses bras.

Il y avait rien là qui donnât à l'instant une signification particulière. Reiko, attentive à sa tâche, remplissait, de réserves prises ici et là, de petites jattes. Ses mains ne tremblaient pas. Elle aurait plutôt travaillé avec plus de facilité et de précision que d'habitude. De temps en temps, il est vrai, une étrange angoisse lui faisait battre le cœur. Comme un éclair lointain, quelque chose d'intense la poignait, qui disparaissait aussitôt, sans laisser de traces. A part cela rien ne sortait de l'ordinaire.

Le lieutenant, en se rasant dans la salle de bains, réchauffé, se sentait enfin miraculeusement guéri de la fatigue désespérée de son corps et des tourments de l'indécision, et soulevé, en dépit de la mort qui l'attendait, d'une attente enchantée. Il entendait faiblement sa femme bouger dans l'autre pièce. Un puissant et sain désir, oublié deux jours durant, se réaffirmait.

Le lieutenant était certain qu'il n'y avait rien d'impur dans la joie qu'ils avaient tous les deux éprouvée en décidant de mourir. Ils avaient tous les deux senti à ce moment-là – bien entendu sans que ce fût clair ni conscient – que les plaisirs permis qu'ils partageaient en privé se trouvaient une fois encore sous la protection de la Puissance Divine et que le Bien et la Morale étaient leurs garants. A se regarder l'un l'autre dans les yeux pour y découvrir une honorable mort, ils s'étaient, une fois de plus, sentis à l'abri derrière des murs d'acier que personne ne pourrait abattre, défendus par l'armure impénétrable du Beau et du Vrai. Si bien que loin de voir une source de contradiction ou de conflit entre les exigences de sa chair et la sincérité de son patriotisme, le lieutenant finissait même pas y voir les deux aspects d'une même chose.

Le visage très proche du miroir sombre et craquelé fixé au long du mur, le lieutenant se rasa avec le plus grand soin. Ce serait son visage de mort. Il ne fallait pas y laisser d'ombres déplaisantes. La figure bien rasée avait retrouvé l'éclat de la jeunesse et paraissait éclairer le miroir terni. Il y avait même, se dit-il, une certaine élégance au rapprochement entre ce visage de radieuse santé et la mort.

Tel qu'il apparaissait là, tel serait son visage de mort. Déjà, en réalité, il avait à demi échappé au lieutenant, ne lui appartenait plus tout à fait : c'était un buste sur la tombe d'un soldat. Il fit une expérience : ferma les yeux. Tout était enveloppé de ténèbres, il cessait d'être une créature qui vit et qui voit.

Revenu de la salle de bains, et le feu du rasoir encore visible sur ses joues lisses, il s'assit près du brasero ranimé. Il remarqua que Reiko, tout occupée qu'elle fût, avait trouvé le temps de se farder légèrement. Ses joues étaient avivées et ses lèvres humides. On ne voyait en elle aucune ombre de tristesse. En vérité, se dit le lieutenant devant la preuve du tempérament de sa jeune femme, il avait choisi la femme qu'il devait choisir.

Aussitôt qu'il eut bu dans la coupe de saké, il la tendit à Reiko. Reiko n'avait jamais bu de saké, mais elle accepta sans hésiter et trempa timidement ses lèvres.

« Venez », dit le lieutenant.

Reiko s'approcha de son mari, qui la saisit dans ses bras et la renversa sur ses genoux. Sa poitrine la brûlait comme si la tristesse, la joie et le puissant alcool s'étaient mêlés et combattus en elle. Le lieutenant pencha la tête pour regarder le visage de sa femme. C'était le dernier visage qu'il verrait en ce monde, le dernier visage qu'il verrait de sa femme. Le lieutenant l'examina minutieusement avec les yeux du voyageur qui dit adieu aux admirables paysages qu'il ne revisitera jamais. C'était un visage qu'il ne se lassait pas de regarder – les traits réguliers sans froideur, les lèvres douces et fortes légèrement fermées. Le lieutenant baisa les lèvres sans y penser. Et soudain, bien que le visage n'eût pas été un seul instant déformé par la honte d'un sanglot, il aperçut les larmes brillantes qui sous les longs cils s'échappaient lentement des yeux fermés, ruisselaient et débordaient.

Lorsque, un peu plus tard, le lieutenant proposa de gagner leur chambre, sa femme répondit qu'elle le suivrait après avoir pris un bain. Il monta seul l'escalier et, dans la chambre où l'air était déjà réchauffé par le radiateur à gaz, il s'étendit sur le lit déplié en étirant les bras et les jambes. Même l'heure d'attendre ainsi sa femme était l'heure ordinaire, ni plus tard, ni plus tôt que d'habitude.

Les mains croisées sous la nuque il contemplait les noires voliges du plafond que n'éclairait pas la veilleuse. Etait-ce la mort qu'il attendait? Ou bien une furieuse ivresse sensuelle? L'une et l'autre paraissaient s'entrelacer comme si l'objet de ce charnel désir eût été la mort elle-même. Mais il est de toute façon certain que le lieutenant n'avait jamais éprouvé le sentiment d'une aussi totale liberté.

Il y eut un ronflement de moteur dans la rue et le crissement de pneus de voiture sur la neige accumulée le long du trottoir. Les murs renvoyaient le bruit du klaxon. Le lieutenant avait l'impression que sa maison était une île solitaire dans l'océan d'une société qui s'agitait comme à l'habitude. Tout autour de lui, dans l'immensité et le désordre, s'étendait le pays pour lequel il souffrait. Il allait lui donner sa vie. Mais ce grand pays, qu'il était prêt à contester au point de se détruire lui-même, ferait-il seulement attention à sa mort? Il n'en savait rien; et tant pis. Il mourait sur un champ de bataille sans gloire, un champ de bataille où ne pouvait s'accomplir aucun fait d'armes : le lieu d'un combat spirituel.

Les pas de Reiko résonnèrent sur l'escalier. Les marches raides de la vieille maison grinçaient. Ces craquements de bois évoquaient de tendres souvenirs et, bien souvent, de son lit il les avait attendus avec joie. A l'idée qu'il ne les écoutereait plus il redoubla d'attention pour que chaque minute, chaque seconde de son temps précieux soit occupée par la douceur de ces pas sur l'escalier grinçant. Chaque instant devenait un joyau d'où rayonnait la lumière.

Reiko portait une écharpe rouge pour serrer à la taille son *yukata,* mais la faible lumière en atténuait l'éclat, et lorsque le lieutenant avança la main, Reiko l'aida à la dénouer et l'écharpe glissa sur le sol. Reiko était debout devant lui, toujours vêtue de son *yukata*. Son mari passa les mains dans les fentes sous les manches pour la serrer contre lui; mais le bout de ses doigts eut à peine touché la brûlante chair nue, à peine se furent resserrées sur ses mains les aisselles, que tout son corps prit feu.

Un instant plus tard tous deux étaient couchés nus devant la rouge incandescence du gaz.

Ni l'un ni l'autre ne l'exprimèrent, mais la pensée que c'était la toute dernière fois faisait battre leur cœur, dilatait leur poitrine. On aurait dit que ces mots : « La dernière fois », s'étaient inscrits en lettres invisibles sur chaque pouce de leur corps.

Le lieutenant attira sa femme contre lui pour l'embrasser violemment. Leurs langues se mêlaient dans l'humide et lisse caverne de leurs bouches; les douleurs de la mort, encore inconnues, avivaient leurs sens comme le feu trempe l'acier. Ces douleurs qu'ils n'éprouvaient pas encore, ces lointaines affres de l'agonie, rendaient plus aiguë leur perception du plaisir.

« C'est la dernière fois que je verrai votre corps, dit le lieutenant. Laissez-moi le regarder. » Et il inclina l'abat-jour pour que la lampe éclairât tout au long le corps étendu de Reiko.

Reiko reposait les yeux clos. La lumière basse de la lampe révélait la courbe majestueuse de sa blanche chair. Le lieutenant, non sans quelque égoïsme, se réjouit de ce qu'il ne verrait jamais : tant de beauté défaite par la mort.

A loisir il laissa l'inoubliable spectacle se graver dans son esprit. D'une main il lissait les cheveux, de l'autre caressait tendrement l'admirable visage, posant des baisers partout où son regard s'attardait. La tranquille froideur du grand front étroit, les yeux clos aux longs cils sous les légers sourcils, la finesse du nez, l'éclat des dents entre les lèvres régulières et pleines, les douces joues et le sage petit menton... tout cela évoquait dans l'esprit du lieutenant la vision d'un visage de morte vraiment rayonnant, et sans fin il appuyait les lèvres au creux de la gorge blanche – où bientôt la main de Reiko frapperait – et la gorge, sous ses baisers, faiblement rougissait. Puis il revenait à la bouche et la douce caresse de ses lèvres de droite à gauche, de gauche à droite, était comme le roulis d'une barque. Fermait-il les yeux, le monde entier les berçait.

Partout où passait le regard du lieutenant ses lèvres fidèlement suivaient. Les seins gonflés se dressaient lorsque le lieutenant en saisissait entre ses lèvres les pointes, roses comme les boutons de fleurs de merisier. De part et d'autre de la poitrine, les bras lisses s'étiraient pour s'amincir vers les poignets, sans rien perdre de leur ronde symétrie et à leur extrémité se refermaient les doigts délicats qui le jour du mariage tenaient l'éventail. A mesure que le lieutenant posait un baiser chaque doigt se repliait pudiquement derrière le doigt suivant... La cuvette qui se creuse entre le ventre et le giron avait, dans la douceur de ses courbes, non seulement force et souplesse, mais comme une sorte de retenue volontaire, et pourtant laissait s'épanouir les hanches. Le ventre et les hanches luisaient avec la blancheur et l'éclat du lait à ras bord dans une large coupe, et l'ombre brusque du nombril ressemblait à la trace d'une goutte de pluie au même instant tombée. Les ombres s'accentuaient où fleurissait une tendre toison et lorsque le corps cessa d'être passif il s'en échappa, à chaque instant plus émouvant, un brûlant parfum de fleurs.

Finalement, d'une voix tremblante, Reiko parla :

« Montrez-moi... Moi aussi je veux voir, pour la dernière fois. »

Jamais il n'avait entendu de la bouche de sa femme aussi violente et claire requête. On aurait dit que quelque chose, que la pudeur de Reiko avait voulu cacher jusqu'à la fin, rompait ses digues. Le lieutenant s'étendit docilement pour s'abandonner à sa femme. En tremblant elle se souleva, blanche et souple, et brûlant de l'innocent désir de rendre à son mari ses caresses, posa deux doigts sur les yeux qui la regardaient et doucement les ferma d'un geste.

Soudain bouleversée de tendresse, les joues enflammées par une émotion qui lui donnait le vertige, Reiko lui entoura la tête de ses bras. Les cheveux du lieutenant, taillés en brosse, lui piquaient la poitrine. Elle sentit sur sa peau le froid du nez en même temps que la chaleur du souffle. Elle se dégagea pour regarder le viril visage de son mari. Les sourcils sévères, les yeux clos, l'arc superbe du nez, le ferme dessin des lèvres serrées... l'éclat des joues, bleues où le rasoir avait passé. Reiko y posa ses lèvres. Elle les posa sur le large cou, sur les fortes et droites épaules, sur la puissante poitrine où les aréoles étaient comme deux boucliers, et rougeâtres les pointes. Des aisselles et de leur toison, cachées profond par les amples muscles des épaules et de la poitrine, s'élevait une odeur mélancolique et douce; et cette douceur exsudait en quelque manière l'essence de la jeune mort. La peau nue du lieutenant brillait comme un champ d'orge mûre, les muscles s'y marquaient partout en dur relief et convergeaient sur le ventre autour du nombril petit et discret. A voir ce ventre jeune et ferme, pudiquement couvert d'une toison vigoureuse, à se dire qu'il allait tout à l'heure être cruellement troué par le sabre, Reiko, saisie de compassion, le couvrit de sanglots et de baisers.

Lorsqu'il sentit les larmes de sa femme, le lieutenant sut qu'il était prêt à supporter avec courage les pires souffrances de son suicide.

Après ces tendresses on peut imaginer quels enivrements les emportèrent. Le lieutenant se souleva pour saisir dans une étreinte puissante sa femme épuisée de douleur et de larmes. Joue contre joue ils se tenaient passionnément serrés. Reiko tremblait. Leurs poitrines, moites de sueur, se touchaient étroitement et chaque pouce de chacun de ces deux corps jeunes et beaux s'intégrait si parfaitement au corps de l'autre qu'il semblait impossible qu'ils fussent jamais séparés. Reiko criait. Des sommets ils plongeaient aux abîmes et des abîmes reprenaient essor pour s'élever aux hauteurs du vertige. Le lieutenant haletait comme un porte-drapeau au bout d'une longue marche en campagne. A peine un cycle prenait-il fin qu'une nouvelle vague s'élevait et, ensemble – sans la moindre trace de fatigue –, d'un seul souffle et d'un seul mouvement ils remontaient vers les sommets.

4

Lorsque enfin le lieutenant se détacha de Reiko, ce ne fut pas par épuisement. D'une part il tenait à ne pas affaiblir l'énergie considérable dont il allait avoir besoin pour accomplir son suicide. D'autre part, il aurait été fâché de gâter par la satiété la douceur de ces dernières étreintes.

Puisque le lieutenant renonçait, Reiko, avec sa docilité coutumière, suivit son exemple. Tous deux nus, étendus sur le dos, les doigts enlacés, regardaient fixement les ombres du plafond. Le radiateur chauffait bien la pièce et même lorsque la sueur eut cessé de ruisseler de leurs corps ils ne sentirent pas le froid. Dehors, dans le calme de la nuit, les bruits de la circulation s'étaient tus. Le vacarme des trains et des tramways autour de la gare de Yotsuya n'arrivait pas jusqu'à eux. Après avoir été réfléchis par les fortifications et les douves ils se perdaient dans le terrain boisé que longeait la grande avenue devant le palais d'Akasaka. Il était difficile de croire à la tension qui enserrait tout le quartier, où les deux factions ennemies de l'Armée Impériale, amèrement divisée contre elle-même, attendaient le moment de s'affronter.

Savourant la chaleur qui les habitait, ils reposaient et revivaient le détail de leurs moments de bonheur. Ils se rappelaient le goût de leurs baisers, le contact de leur chair nue et chacun des épisodes de leurs vertiges bienheureux. Rien ne les avait lassés. Mais déjà du sombre boisage du plafond le visage de la mort les regardait. Leurs joies avaient été leurs dernières joies et leurs corps ne les connaîtraient plus jamais. Mais des joies aussi intenses – et tous deux y avaient pensé en même temps – il est probable qu'ils ne les auraient jamais retrouvées, même s'ils avaient dû vivre très vieux.

La douceur de leurs doigts enlacés elle aussi serait perdue. Même le dessin des veines et des nœuds sur le bois sombre du plafond qu'ils regardaient ensemble allait leur être enlevé. Ils sentaient la mort s'approcher pas à pas. Il ne fallait plus hésiter. Il fallait avoir le courage d'aller au-devant d'elle, de s'emparer d'elle.

« Eh bien, préparons-nous », dit le lieutenant. La résolution dans la voix de son mari était indiscutable, mais jamais Reiko n'avait perçu chez lui autant de chaleur et de tendresse.

Aussitôt relevés, toutes sortes de tâches les requirent.

Le lieutenant, qui n'avait jamais aidé à faire le lit, fit joyeusement glisser la porte du placard, roula, emporta et rangea lui-même le matelas.

Reiko éteignit le radiateur à gaz et recula la veilleuse. Pendant l'absence du lieutenant elle avait soigneusement préparé la pièce, l'avait balayée, époussetée, et si l'on négligeait la table en bois de rose qui occupait l'un des angles, la pièce de huit nattes donnait l'impression d'une salle de réception disposée pour accueillir un invité important.

« On a pas mal bu ici, n'est-ce pas? Avec Kanô et Homma et Noguchi...

– Oui, ils buvaient tous beaucoup.

– On va les retrouver bientôt, dans l'autre monde. Ils vont nous taquiner, sûrement, quand ils verront que je vous ai amenée avec moi. »

En descendant l'escalier, le lieutenant se retourna pour regarder la pièce calme et nette, maintenant vivement éclairée par la lumière au plafond. Les visages des jeunes officiers qui y avaient bu et ri et innocemment plaisanté lui traversèrent l'esprit. Il n'avait alors jamais rêvé qu'un jour il s'ouvrirait le ventre dans cette pièce.

Dans les deux pièces du rez-de-chaussée le mari et la femme se livrèrent paisiblement à leurs préparatifs. Le lieutenant alla aux toilettes, puis à la salle de bains se laver. Pendant ce temps-là

Reiko rangea le peignoir molletonné de son mari, prépara dans la salle de bains sa tunique d'uniforme, son pantalon, un large pagne neuf en coton blanc et disposa sur la table du living-room du papier pour les lettres d'adieu. Puis elle ôta le couvercle de l'écritoire et se mit à frotter la pierre pour obtenir l'encre. Elle savait déjà comment rédiger sa propre lettre.

Ses doigts faisaient grincer les froides lettres dorées de l'encre en tablette et l'eau dans la mince coupelle noircit tout de suite comme si quelque nuage s'y était répandu. Elle cessa de se dire que le mouvement que faisaient ses doigts, ce frottement, ce léger grincement, tout cela ne préparait qu'à la mort. Il fallait y voir une occupation domestique, une tâche ordinaire où s'usait simplement le temps au bout duquel la mort serait là. Et pourtant le frottement de plus en plus facile sur la pierre, et l'odeur qui montait de l'encre de plus en plus noire, faisaient étrangement naître d'indicibles ténèbres.

Bien net dans son uniforme qu'il portait à même la peau, le lieutenant sortit de la salle de bains. Sans un mot il s'assit à la table, le buste droit, prit un pinceau et contempla avec hésitation la feuille blanche devant lui.

Reiko avait emporté dans la salle de bains un kimono de soie blanche. Lorsqu'elle revint dans le living-room, vêtue du kimono blanc et légèrement fardée, la lettre d'adieu terminée était sur la table sous la lumière de la lampe. Les épais caractères au pinceau disaient simplement :

« Vive l'Armée Impériale. Lieutenant Takeyama Shinji. »

Durant le temps que Reiko mit à écrire sa propre lettre, le lieutenant contempla en silence, avec une intense gravité, les pâles doigts de sa femme qui maniaient à leur tour, avec sûreté, le pinceau.

Chacun sa lettre à la main, le lieutenant le sabre à son ceinturon, Reiko son petit poignard glissé dans la ceinture de son kimono – tous deux s'immobilisèrent devant l'autel pour prier en silence. Puis ils éteignirent toutes les lumières du rez-de-chaussée. En montant l'escalier le lieutenant tourna la tête pour regarder la saisissante silhouette vêtue de blanc de sa femme qui montait derrière lui, les yeux baissés, et se détachait sur l'obscurité du vide.

Les lettres d'adieu furent posées côte à côte dans l'alcôve de la pièce d'en haut. Ils se demandèrent s'il ne fallait pas ôter le rouleau déplié qui y était suspendu, mais puisqu'il avait été calligraphié par leur médiateur, le lieutenant général Ozeki, et qu'en outre les caractères chinois qu'il portait signifiaient « Sincérité », ils le laissèrent. Même s'il devait être éclaboussé de sang ils avaient le sentiment que le lieutenant général comprendrait.

Le lieutenant, assis bien droit, le dos contre un pilier de l'alcôve, posa son sabre sur le sol devant lui.

Reiko s'assit en face, à la distance d'une natte. Le rouge de ses lèvres alors que tout sur elle était rigoureusement blanc semblait particulièrement séduisant.

De part et d'autre de la natte qui les séparait ils se regardèrent longuement dans les yeux. Le sabre du lieutenant posé devant ses genoux rappela à Reiko leur première nuit, et la tristesse l'envahit. D'une voix rauque le lieutenant parla :

« Comme je n'aurai pas de second pour m'aider, il me faudra entailler profond. Ce sera peut-être déplaisant, mais je vous en prie, n'ayez pas peur. La mort est toujours pénible à voir. Il ne faut pas vous laisser décourager par ce que vous allez voir. C'est bien entendu?

– Oui. »

Reiko s'inclina profondément.

La vue de sa femme, mince et blanche silhouette, éveillait une bizarre excitation chez le lieutenant. Ce qu'il allait accomplir appartenait à sa vie publique, à sa vie de soldat dont sa femme n'avait jamais été témoin. Cet acte exigeait autant de volonté que se battre exige de courage; c'était une mort dont la dignité et la qualité n'étaient pas moindres que celles de la mort en première ligne. Ce dont il allait maintenant faire montre, c'était de sa conduite sur le champ de bataille.

Cette réflexion conduisit le lieutenant à d'étranges imaginations. Mourir solitaire sur le champ de bataille, mourir sous le beau regard de sa femme... n'allait-il pas mourir à la fois de ces deux morts, réaliser leur impossible unité, douceur pour laquelle il n'est pas de mots? Tous les instants de sa mort seront observés par ces yeux admirables –

un souffle de fleurs et de printemps l'emportera vers la mort. C'était une faveur très rare. Il ne comprenait pas tout à fait, mais c'était un domaine que les autres ne connaissaient pas, une bénédiction qui n'avait été accordée à personne et lui était dévolue. La rayonnante image de sa femme, dans sa robe blanche de jeune épousée, lui paraissait incarner tout ce qu'il avait aimé, tout ce à quoi il allait sacrifier sa vie – la Maison Impériale, la Nation, le Drapeau. Et tout autant que sa femme assise devant lui, ces hautes présences le suivaient de leur regard immobile et clair.

Elle aussi, Reiko, considérait passionnément son mari, qui si vite allait mourir, et se disait qu'elle n'avait jamais vu rien au monde d'aussi beau. Le lieutenant avait toujours bien porté l'uniforme, mais aujourd'hui, regardant la mort en face, les sourcils droits et les lèvres bien serrées, il offrait peut-être le plus superbe exemple possible de beauté masculine.

« Allons-y », dit enfin le lieutenant.

Reiko s'inclina pour saluer très bas. Elle n'osait pas lever la tête. Elle avait peur que ses larmes abîment son maquillage, mais ne pouvait pas les retenir.

Lorsque enfin elle releva les yeux elle vit à travers la brume de ses larmes que le lieutenant avait sorti son sabre du fourreau et enroulé autour de la lame un bandage blanc qui laissait libres à la pointe cinq ou six pouces d'acier nu.

Il reposa le sabre ainsi enveloppé sur la natte

devant lui, puis se souleva sur les genoux, se réinstalla les jambes croisées et défit les agrafes de son col d'uniforme. Ses yeux ne voyaient plus sa femme. Lentement, un à un, il défit les minces boutons de cuivre. Sa brune poitrine apparut, puis le ventre. Il déboucla son ceinturon et défit les boutons de son pantalon. On vit l'éclat pur et blanc du pagne qui serrait les reins. Le lieutenant le rabattit à deux mains pour dégager davantage le ventre, puis saisit la lame de son sabre. De la main gauche il se massa le ventre, les yeux baissés.

Pour s'assurer que le fil de la lame était bien aiguisé le lieutenant replia la jambe gauche de son pantalon, dégagea un peu la cuisse et coupa légèrement la peau. Le sang remplit aussitôt la blessure et de petits ruisseaux rouges s'écoulèrent qui brillaient dans la lumière.

C'était la première fois que Reiko voyait le sang de son mari et son cœur bondit violemment dans sa poitrine. Elle regarda le visage de son mari. Lui regardait le sang couler avec une tranquille satisfaction. Un instant – mais elle savait en même temps que c'était une fausse consolation – Reiko se sentit soulagée.

Les yeux du lieutenant fixaient sur sa femme l'intense regard immobile d'un oiseau de proie. Tournant vers lui-même son sabre il se souleva légèrement pour incliner le haut de son corps sur la pointe de son arme. L'étoffe de son uniforme tendue sur ses épaules trahissait l'effort qui mobilisait toutes ses forces. Il visait à gauche au plus profond de son ventre. Son cri aigu perça le silence de la pièce.

En dépit de la force qu'il avait lui-même déployée pour se frapper, le lieutenant eut l'impression que quelqu'un d'autre lui avait porté un atroce coup de barre de fer au côté. Une seconde ou deux la tête lui tourna. Il ne savait plus ce qui lui arrivait. Les cinq ou six pouces d'acier nu avaient disparu complètement à l'intérieur de la chair et le bandage blanc qu'il serrait de sa main crispée appuyait directement sur le ventre.

Il reprit conscience. La lame avait certainement percé la paroi du ventre, se dit-il. Il respirait avec difficulté, son cœur battait à grands coups et dans quelque profond lointain dont il pouvait à peine croire qu'il fût une part de lui-même, surgissait une effrayante, une abominable douleur, comme si le sol s'était ouvert pour laisser échapper une lave brûlante de roches en fusion. La douleur se rapprochait à une vitesse terrifiante. Le lieutenant se mordit la lèvre pour éviter un involontaire gémissement.

Le *seppuku,* se dit-il, est-ce cela? On aurait dit le chaos absolu, comme si le ciel lui était tombé sur la tête, comme si l'univers, ivre, titubait. Sa volonté et son courage, qui avaient semblé si fermes avant qu'il ne fît l'entaille, s'étaient réduits à l'épaisseur d'un seul fil d'acier aussi fin qu'un cheveu, et il éprouva comme un affreux malaise le soupçon qu'il lui fallait avancer le long de ce fil et s'y attacher désespérément. Son poing crispé était tout humide. Il baissa les yeux. Il vit que sa main et l'étoffe qui enveloppait la lame du sabre étaient trempées de sang. Son pagne aussi était profondément teint de rouge. Il fut frappé, comme d'une chose incroyable, qu'au milieu d'une aussi terrible souffrance, ce qui pouvait être regardé pût encore être regardé et que ce qui existait pût exister encore.

Au moment où elle vit le lieutenant s'enfoncer le sabre dans le côté gauche et la pâleur de la mort descendre sur son visage comme un rideau descend sur une scène, Reiko dut se contraindre pour ne pas se précipiter vers lui. Quoi qu'il dût arriver il lui fallait veiller. Il lui fallait être témoin. C'était le devoir que son mari lui avait imposé. En face d'elle, à une natte de distance, elle le voyait se mordre la lèvre pour étouffer la douleur. La douleur était là, absolue et certaine, sous ses yeux. Et Reiko n'avait aucun moyen de l'en délivrer.

La sueur brillait sur le front de son mari. Il fermait les yeux puis les rouvrait comme pour se rendre compte. Ils avaient perdu leur éclat et semblaient innocents et vides comme les yeux d'un petit animal.

La souffrance que contemplait Reiko flambait aussi fort que le soleil d'été, entièrement étrangère à la peine qui semblait lui déchirer l'âme. La souffrance augmentait sans fin, montait. Reiko voyait son mari accéder à un autre univers où l'être se dissout dans la douleur, est emprisonné dans une cellule de douleur et nulle main ne peut l'approcher. Mais elle, Reiko, n'en éprouvait aucune. Sa peine n'était pas cette douleur. Si bien qu'elle eut l'impression qu'on avait élevé une haute et cruelle paroi de verre entre elle et son mari.

Depuis son mariage la vie de son mari avait été sa vie et le souffle de son mari son souffle. Et maintenant, alors que la souffrance de son mari était la réalité de sa vie, Reiko dans sa propre peine ne trouvait aucune preuve de sa propre existence.

La main droite sur le sabre le lieutenant commença de s'entailler le ventre par le travers. Mais la lame rencontrait l'obstacle des intestins qui s'y emmêlaient et dont l'élasticité la repoussait constamment; et le lieutenant comprit qu'il lui faudrait les deux mains pour maintenir la lame enfoncée; il appuya pour couper par le travers. Mais ce n'était pas aussi facile qu'il l'avait cru. Il mobilisa toute sa force dans sa seule main droite et tira vers la droite. L'entaille s'agrandit de trois ou quatre pouces.

Lentement, des profondeurs internes, la douleur irradiait le ventre entier. Des cloches en folie sonnaient, mille cloches ensemble à chaque souffle, à chaque battement du pouls, ébranlant tout son être. Le lieutenant ne pouvait plus s'empêcher de gémir. Mais la lame était arrivée à l'aplomb du nombril et, lorsqu'il le constata, il fut content et reprit courage.

Le volume du sang répandu avait régulièrement augmenté et commençait à jaillir de la blessure au rythme même du pouls. La natte devant le lieutenant était trempée de rouge par les éclaboussures du sang qui continuait à s'écouler des flaques que retenait dans ses plis le pantalon d'uniforme. Une goutte unique s'envola comme un oiseau jusqu'à Reiko pour se poser sur ses genoux et tacher sa robe blanche.

Lorsque le lieutenant se fut enfin complètement éventré, la lame n'enfonçait presque plus et la pointe en était visible, luisante de graisse et de sang. Mais, saisi soudain d'une violente nausée, le lieutenant laissa échapper un cri rauque. Vomir rendait l'affreuse douleur plus affreuse encore, et le ventre qui jusque-là était demeuré ferme, se souleva brusquement, la blessure s'ouvrit en grand et les intestins jaillirent comme si la blessure vomissait à son tour. Apparemment inconscients de la souffrance de leur maître, glissant sans obstacle pour se répandre dans l'entrejambe, ils donnaient une impression de santé robuste et de vitalité presque déplaisante. La tête du lieutenant s'affaissait, ses épaules se soulevaient, ses yeux s'entrouvraient et un mince filet de salive s'échappait de sa bouche. L'or de ses épaulettes brillait dans la lumière.

Il y avait du sang partout. Le lieutenant y baignait jusqu'aux genoux et demeurait écrasé et sans forces, une main sur le sol. Une odeur âcre emplissait la pièce. Le lieutenant, tête ballottante, hoquetait sans fin et chaque hoquet ébranlait ses épaules. Il tenait toujours dans sa main droite la lame de son sabre, que repoussaient les intestins et dont on voyait la pointe.

Il est difficile d'imaginer spectacle plus héroïque que le sursaut du lieutenant qui brusquement rassembla ses forces et releva la tête. Son mouvement fut si violent qu'il se cogna l'arrière du crâne contre le pilier de l'alcôve. Reiko, qui était restée jusque-là tête baissée, fascinée par la marée de sang qui s'avançait vers ses genoux, releva les yeux, surprise par le bruit.

Le visage du lieutenant n'était plus un visage de vivant. Les yeux étaient enfoncés, la peau parcheminée, les joues jadis si fraîches, et les lèvres, couleur de boue séchée. Seule bougeait la main droite. Serrant laborieusement le sabre elle s'élevait en tremblant comme une main de marionnette pour essayer d'en diriger la pointe vers la naissance de la gorge. Reiko regardait son mari faire ce dernier effort, inutile, déchirant. Luisante de sang et de graisse, la pointe, une fois, deux fois, dix fois, se dirigeait vers la gorge. Chaque fois elle manquait le but. La force qui aurait dû la guider était épuisée. La pointe frappait le col de l'uniforme et les insignes brodés sur le col. Les agrafes étaient défaites mais le raide col militaire se refermait de lui-même et protégeait la gorge.

Reiko ne put supporter le spectacle plus longtemps. Elle voulut aller aider son mari mais ne put se lever. Elle avança sur les genoux, à travers le sang, et son blanc kimono se teignit de rouge. Elle se glissa derrière son mari et ne fit rien d'autre qu'écarter le col. La pointe tremblante fut enfin au contact de la gorge nue. Reiko eut alors l'impression qu'elle avait poussé son mari en avant; mais ce n'était pas vrai. C'était le dernier mouvement délibéré du lieutenant, son dernier effort de volonté. Il se jeta brusquement sur la lame qui lui transperça la gorge. Il y eut un effroyable jet de sang et le lieutenant bascula et s'immobilisa; une lame d'acier froide et bleue dépassait de sa nuque.

5

Lentement, car le sang qui trempait ses socquettes les rendait glissantes, Reiko descendit l'escalier. Il n'y avait plus aucun bruit dans la pièce d'en haut.

Au rez-de-chaussée elle ouvrit les lumières, vérifia les robinets et le compteur du gaz et répandit de l'eau sur les braises encore rougeoyantes du brasero. Devant le grand miroir de la pièce à quatre nattes et demie elle se regarda. Les taches de sang formaient, sur la moitié inférieure de son kimono blanc, un dessin hardi et violent. Lorsqu'elle s'assit devant le miroir elle sentit sur ses cuisses quelque chose de froid et d'humide; c'était le sang de son mari. Elle frissonna. Puis elle prit à loisir le temps de s'apprêter. Elle se farda : beaucoup de rouge aux joues, beaucoup sur les lèvres. Ce n'était plus se maquiller pour plaire à son mari. C'était se maquiller pour le monde qu'elle allait laisser derrière elle; il y avait dans son application quelque chose de somptueux et de théâtral. Lorsqu'elle se leva, la natte devant le miroir était trempée de sang. Elle n'allait pas s'en soucier.

Revenue des toilettes, Reiko se retrouva debout sur le sol de ciment du vestibule. Lorsque son mari la veille au soir avait fermé la porte au verrou, c'était pour se préparer à mourir. Elle demeura un instant perplexe. Fallait-il tirer le verrou? Si elle fermait la porte, les voisins ne s'apercevraient pas tout de suite de leur suicide. L'idée que leurs deux corps allaient dans quelques jours pourrir avant d'avoir été découverts ne plaisait pas à Reiko. Après tout, il semble qu'il vaudrait mieux laisser la porte ouverte... Elle repoussa le verrou et entrouvrit légèrement la porte de verre dépoli... Un vent glacé s'engouffra. On ne voyait personne dans la rue, à minuit passé, et les étoiles glacées brillaient à travers les arbres de la grande maison d'en face.

Elle laissa la porte entrouverte et monta l'escalier. Elle avait un peu marché ici et là, ses socquettes ne glissaient plus. Au milieu de l'escalier elle perçut déjà une odeur très spéciale.

Le lieutenant était étendu dans un océan de sang. La pointe qui sortait de sa nuque paraissait saillir davantage. Reiko marcha droit dans le sang, s'assit à côté du cadavre et contempla longuement le visage du lieutenant, dont un côté reposait sur la natte. Les yeux étaient grands ouverts, comme si quelque chose avait attiré son attention. Elle lui souleva la tête, l'enveloppa dans sa manche, essuya le sang sur les lèvres et y déposa un baiser.

Puis elle se leva et prit dans le placard une couverture blanche, neuve, et une cordelière. Pour que son kimono ne s'ouvre pas, elle enroula la couverture autour d'elle et la serra à la taille avec la cordelière.

Reiko s'assit à un demi-mètre environ du corps du lieutenant. Elle ôta le poignard de sa ceinture, regarda longuement l'acier poli de la lame qu'elle porta à sa bouche. L'acier lui sembla légèrement sucré.

Reiko ne s'attarda pas. Elle se disait qu'elle allait connaître la souffrance qui tout à l'heure avait ouvert un tel gouffre entre elle et son mari, que cette souffrance deviendrait une part d'elle-même, et elle ne voyait là que le bonheur de pénétrer à son tour dans un domaine que son mari avait déjà fait sien. Dans le visage martyrisé de son mari il y avait quelque chose d'inexplicable qu'elle voyait pour la première fois. Elle allait résoudre l'énigme. Reiko sentait qu'elle était capable de goûter enfin, dans leur vérité, l'amertume et la douceur du grand principe moral auquel croyait son mari. Ce qu'elle n'avait jusqu'ici perçu qu'à travers l'exemple de son mari, elle allait le goûter de sa proche bouche.

Reiko ajusta la pointe du poignard contre la naissance de sa gorge et brusquement l'enfonça. La blessure était légère. La tête en feu, les mains tremblantes, elle tira vers la droite. Un flot tiède emplit sa bouche et devant ses yeux tout devint rouge, à travers le jaillissement du sang. Elle rassembla ses forces et s'enfonça le poignard au fond de la gorge.

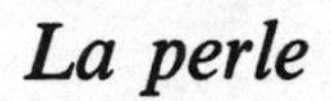

La perle

Le 10 décembre était l'anniversaire de Mme Sasaki, mais comme elle voulait le célébrer le plus discrètement possible, elle n'avait invité chez elle pour prendre le thé que ses amies les plus proches. Se réunirent donc Mmes Yamamoto, Matsumura, Azuma et Kasuga – toutes avaient quarante-trois ans, le même âge que leur hôtesse.

Ces dames faisaient partie pour ainsi dire d'une société secrète : Ne Pas Avouer Son Age, et l'on pouvait implicitement compter qu'elles n'iraient pas raconter combien il y aurait de bougies sur le gâteau. N'avoir convié à son anniversaire que des invitées aussi sûres montrait bien la prudence habituelle de Mme Sasaki.

Pour les recevoir, Mme Sasaki mit une bague ornée d'une perle. Des diamants pour une réunion exclusivement féminine n'auraient pas été du meilleur goût. En outre, les perles allaient mieux avec la couleur de la robe qu'elle portait ce jour-là.

La réception venait juste de commencer, et Mme Sasaki s'était approchée pour vérifier une dernière fois le gâteau, lorsque la perle, mal enchâssée et qui bougeait déjà un peu, finit par échapper et tomber. Ce qui parut un accident de bien mauvais augure pour l'agrément de la réunion, mais il aurait été encore plus embarrassant que tout le monde s'en aperçût, et Mme Sasaki laissa la perle contre le rebord du grand plat qui contenait le gâteau, en décidant de s'en occuper plus tard. Assiettes, fourchettes et serviettes en papier étaient disposées autour du gâteau pour elle et ses quatre invitées. Puis Mme Sasaki se dit qu'elle n'allait pas se montrer avec une bague où quelque chose manquait, lorsqu'elle couperait le gâteau : elle l'enleva discrètement, et sans même se retourner la glissa dans un rayonnage le long du mur derrière elle.

L'agitation des bavardages, la surprise et le plaisir que firent à Mme Sasaki les cadeaux bien choisis que lui apportaient ses amies, lui firent très vite oublier l'incident de la perle. Arriva bientôt le moment de la cérémonie obligée : allumer et éteindre les bougies du gâteau. Toutes se pressèrent autour de la table, pour aider à allumer les quarante-trois bougies, ce qui n'était pas si facile.

On ne pouvait guère attendre de Mme Sasaki, qui avait les poumons faibles, qu'elle en soufflât d'un seul coup une telle quantité, et son air de totale impuissance déclencha toute une série de réflexion et de rires.

Pour servir le gâteau, Mme Sasaki, après avoir hardiment tranché, découpa à la demande des morceaux plus ou moins épais, qu'elle déposa sur les assiettes. Chacune des invitées prit la sienne et alla se rasseoir. Tout le monde allongeant la main en même temps, il y eut autour de la table beaucoup de presse et de confusion.

Le dessus du gâteau était orné d'un dessin en glaçage rose, parsemé d'une quantité de petites billes argentées. C'était des cristaux de sucre argentés, décoration très courante sur les gâteaux d'anniversaire. Dans la confusion pour se resservir, des copeaux de glaçage, et une quantité de ces petites billes se dispersèrent partout sur la nappe blanche. Quelques invitées les recueillirent avec les doigts pour les mettre sur leurs assiettes, d'autres pour les avaler directement.

Finalement elles retournèrent toutes s'asseoir pour manger en riant, tranquillement, leur morceau de gâteau. Il n'avait pas été confectionné à la maison, mais commandé par Mme Sasaki à un pâtissier de grand renom, et les invitées furent unanimes à le déclarer excellent.

Mme Sasaki nageait dans le bonheur. Mais tout à coup, avec un brin d'angoisse, elle se rappela la perle qu'elle avait laissée sur la table, et se leva avec tout le naturel possible pour aller la reprendre. A l'endroit où elle était sûre de l'avoir laissée, on ne l'y voyait plus.

Mme Sasaki avait horreur de perdre les choses. Aussitôt et sans réfléchir, au beau milieu de sa réception, elle se laissa absorber par sa recherche, si tendue que tout le monde s'en aperçut.

« Il y a quelque chose qui ne va pas? dit l'une d'elles.

– Non, pas du tout. Un instant... »

C'était une réponse ambiguë, et Mme Sasaki n'avait pas encore eu le temps de se décider à se rasseoir, que l'une d'abord, puis une autre, et finalement toutes ses invitées s'étaient levées pour secouer la nappe ou tâtonner par terre.

Mme Azuma, devant toute cette agitation, ne trouvait pas de mots pour en déplorer la cause. Elle était outrée qu'une hôtesse se permît de créer une situation aussi impossible pour la perte d'une seule perle.

Mme Azuma décida de s'offrir en sacrifice pour tout sauver. Avec un héroïque sourire elle s'écria : « C'est donc ça! Ça doit être une perle que je viens d'avaler! Une bille d'argent a roulé sur la nappe quand on m'a donné mon gâteau, et je l'ai ramassée et avalée machinalement. J'ai bien eu l'impression qu'elle me restait un peu en travers de la gorge. Bien sûr, s'il s'était agi d'un diamant je le rendrais tout de suite – au besoin en me faisant opérer – mais comme c'est une perle je vous demande tout simplement de me pardonner. »

Cette déclaration apaisa tout de suite les inquiétudes de l'assemblée, et l'on eut par-dessus tout le sentiment qu'elle délivrait l'hôtesse d'une situation bien embarrassante. Personne n'essaya de s'interroger sur la vérité ou la fausseté de la confession de Mme Azuma. Mme Sasaki prit une des billes argentées qui restaient et la porta à la bouche.

« Hum, dit-elle. Celle-ci a certainement un goût de perle! »

Et ce petit incident se fondit à son tour dans la bonne humeur des taquineries – et, au milieu des rires, s'évapora.

Quand la réunion fut finie, Mme Azuma repartit dans sa voiture de sport à deux places, avec à côté d'elle Mme Kasuga, sa voisine et amie intime. Au bout de deux minutes Mme Azuma lui dit : « Avoue! C'est toi qui as avalé la perle, n'est-ce pas? Je l'ai pris sur moi pour te sauver la mise. »

Ce langage sans cérémonie cachait une affection profonde, mais si amicale que fût l'intention, une accusation injuste était pour Mme Kasuga une accusation injuste. Elle ne se rappelait absolument pas avoir par erreur avalé une perle au lieu d'une bille d'argent. Elle était trop difficile pour sa nourriture – d'ailleurs Mme Azuma devait bien le savoir – et quoi qu'il y eût dans son assiette, la seule vue d'un cheveu suffisait à l'empêcher d'avaler.

D'une toute petite voix, elle protesta timidement : « Ah, non, vraiment! » en regardant Mme Azuma pour chercher à percer l'énigme. « Je ne pourrais jamais faire une chose pareille!

– Ce n'est pas la peine de faire semblant. Quand je t'ai vue verdir, j'ai compris. »

Le petit incident à la réception avait paru réglé par la franchise de Mme Azuma, mais il en subsistait encore un curieux malaise. Mme Kasuga, tout en se demandant comment prouver au mieux son innocence, se surprenait à imaginer en même temps qu'une perle s'était logée toute seule dans son intestin. Il était naturellement peu probable qu'elle eût avalé une perle en la prenant pour une bille de sucre, mais avec tout ce tohubohu de rues et de bavardages, il fallait avouer que c'était tout de même une possibilité. Elle avait beau repasser sans fin dans sa tête tout ce qui était arrivé, il ne lui venait pas en mémoire un seul instant où elle aurait pu se mettre une perle dans la bouche – mais après tout si le geste avait été inconscient elle ne pouvait pas espérer s'en souvenir.

Mme Kasuga se sentit violemment rougir : son imagination lui offrait soudain une autre vue du problème : si l'on introduit une perle dans son système digestif, elle réapparaît certainement intacte – un peu ternie peut-être par les sucs gastriques – au bout d'un jour ou deux.

Et c'est cette réflexion qui lui rendit transparente la démarche de Mme Azuma. Sans aucun doute la même perspective l'avait embarrassée et remplie de honte, et voilà pourquoi elle en avait rejeté la responsabilité sur une autre, en se donnant généreusement l'apparence de s'avouer coupable pour protéger une amie.

Pendant ce temps-là, Mme Yamamoto et Mme Matsumura, qui habitaient dans la même direction, rentraient ensemble en taxi. Peu après que le taxi eut démarré, Mme Matsumura ouvrit son sac à main pour retoucher un peu son maquillage. Elle se rappelait qu'elle ne s'était pas repoudrée depuis toutes ces émotions à la réception.

En prenant son poudrier elle aperçut quelque chose de brillant qui glissait au fond du sac. Fouillant du bout des doigts, Mme Matsumura s'empara de l'objet, et vit avec stupeur que c'était une perle.

Mme Matsumura étouffa une exclamation de surprise. Ses relations avec Mme Yamamoto étaient loin d'être cordiales, depuis quelque temps, et elle n'avait pas envie de partager avec cette dame une découverte dont les implications pouvaient être si gênantes pour elle.

Heureusement Mme Yamamoto regardait par la fenêtre et n'avait pas l'air d'avoir remarqué le sursaut d'étonnement de sa compagne.

Désarçonnée par la brusque tournure des événements, Mme Matsumura ne prit pas le temps de se demander comment la perle s'était introduite dans son sac, mais se trouva immédiatement ligotée par le système de moralité qui était le sien : le scoutisme. Il était peu probable, à son idée, qu'elle ait jamais pu faire une chose pareille, même sans en avoir conscience. Mais puisque par quelque hasard l'objet s'était retrouvé dans son sac, la seule chose à faire était de le rapporter tout de suite. Le fait aussi que c'était une perle – donc un article qui n'était ni vraiment cher ni véritablement bon marché – rendait sa situation encore plus ambiguë.

En tout cas, elle était bien résolue à ce que

Mme Yamamoto ignore tout de cette incompréhensible péripétie – surtout que la question avait été si bien résolue par la générosité de Mme Azuma. Mme Matsumura se sentit incapable de demeurer une seconde de plus dans le taxi, et sous prétexte de se rappeler qu'elle devait aller voir un parent malade, elle fit arrêter aussitôt le taxi, au milieu d'un paisible quartier résidentiel.

Mme Yamamoto, restée seule dans le taxi, était un peu surprise que sa mauvaise plaisanterie ait déclenché chez Mme Matsumura une réaction aussi brusque. Elle avait suivi les gestes de Mme Matsumura sur la vitre du taxi comme dans un miroir, et l'avait très bien vue retirer la perle de son sac.

Pendant la réception Mme Yamamoto avait été servie la première d'une tranche de gâteau. Elle avait ajouté sur son assiette une bille d'argent qui avait glissé sur la table, puis était retournée s'asseoir – encore une fois avant toutes les autres – et constaté que la bille d'argent était une perle. La découverte lui avait aussitôt inspiré une méchanceté. Pendant que toutes les autres s'affairaient autour du gâteau, elle avait vivement glissé la perle dans le sac à main qu'avait laissé sur le fauteuil à côté l'insupportable hypocrite qu'était Mme Matsumura.

Perdue au milieu d'un quartier résidentiel où elle avait peu de chance de trouver un taxi, Mme Matsumura s'abandonna fiévreusement à toutes sortes de réflexions sur sa situation.

Premièrement, si nécessaire que ce fût pour

soulager sa conscience, ce serait vraiment honteux, quand d'autres avaient tant fait pour apaiser les choses, d'aller tout ranimer; et le pis serait encore – étant donné l'impossibilité d'expliquer ce qui s'était passé – qu'elle risquait de se faire injustement soupçonner.

Deuxièmement si – malgré tous ces raisonnements – elle ne rendait pas la perle immédiatement, elle n'en aurait plus jamais la possibilité. Qu'elle attende à demain (d'y penser fit rougir Mme Matsumura), et la perle retrouvée ferait naître des questions et des doutes plutôt répugnants. Mme Azuma y avait d'ailleurs déjà fait allusion.

C'est alors que vint à l'esprit de Mme Matsumura un plan magistral, qui l'enchanta, qui à la fois soulagerait sa conscience et ne l'exposerait à d'injustes soupçons. Hâtant le pas, elle finit par déboucher sur une rue relativement animée, où elle arrêta un taxi et dit au chauffeur de la conduire très vite au Ginza, à une célèbre boutique de perles. Là, elle sortit la perle de son sac pour la montrer au vendeur, et lui demander à voir une perle un peu plus grosse et nettement de meilleure qualité. Elle l'acheta, et repartit toujours en taxi, chez Mme Sasaki.

Voici ce qu'avait imaginé Mme Matsumura. Elle allait offrir à Mme Sasaki cette nouvelle perle, en lui disant qu'elle l'avait trouvée dans la poche de son tailleur. Mme Sasaki l'accepterait, et essaierait ensuite de la remettre sur l'anneau. Cependant, comme la perle était plus grosse, elle n'irait pas, et Mme Sasaki – troublée – essaierait de la rendre à Mme Matsumura, mais Mme Matsumura refuserait de la reprendre. Sur quoi Mme Sasaki se trouverait acculée aux conclusions suivantes : cette femme agit ainsi pour protéger quelqu'un d'autre. Dans ces conditions, il est plus sûr d'accepter la perle et d'en rester là. Mme Matsumura a sans doute vu l'une des trois autres dames voler la perle. Mais au moins je peux être sûre que de mes quatre invitées, Mme Matsumura est absolument innocente. On n'a jamais vu de voleur dérober un objet pour le remplacer par un objet semblable mais qui vaille davantage.

Par ce stratagème Mme Matsumura pensait échapper pour toujours à la honte d'être soupçonnée, et également – en contrepartie d'un peu d'argent – à ses remords de conscience.

Revenons-en aux autres dames. Rentrée chez elle, Mme Kasuga continuait d'être bouleversée par la cruelle taquinerie de Mme Azuma. Pour se laver d'une accusation même aussi ridicule que celle-là, il fallait agir avant le lendemain, elle le savait – ou ce serait trop tard. C'est-à-dire que pour prouver de façon positive qu'elle n'avait pas mangé la perle il était absolument nécessaire de la faire voir. Et donc, si elle pouvait la montrer immédiatement à Mme Azuma, son innocence sur le plan gastronomique (sinon sur un autre plan) serait solidement établie. Mais si elle attendait au lendemain, même si elle arrivait à présenter la perle, interviendrait inévitablement le honteux soupçon dont il est presque impossible de parler.

Mme Kasuga, normalement timide, trouva du courage dans un impérieux besoin d'agir, et se précipita hors de chez elle alors qu'elle venait à peine d'y arriver, pour se rendre à une boutique de perles du Ginza, où elle choisit et acheta une perle qui lui sembla à peu près de la même grosseur que les billes d'argent du gâteau. Puis elle téléphona à Mme Azuma. Elle expliqua qu'en rentrant elle avait trouvé dans les plis du nœud de sa ceinture la perle que Mme Sasaki avait perdue, mais comme elle était trop gênée pour aller toute seule la rapporter, elle se demandait si Mme Azuma aurait la bonté de venir avec elle, aussitôt que possible. A part soi, Mme Azuma trouva l'histoire assez improbable, mais puisque c'était une amie qui le demandait, elle fut d'accord pour y aller.

Mme Sasaki accepta la perle que lui apportait Mme Matsumura, et constatant qu'elle n'allait pas à l'anneau, eut l'obligeance d'en chercher l'explication dans le sens qu'espérait Mme Matsumura; aussi fut-elle bien surprise lorsque, environ une heure plus tard, arriva Mme Kasuga, qu'accompagnait Mme Azuma, pour lui rendre une autre perle.

Mme Sasaki faillit parler de la visite que venait de lui faire Mme Matsumura, mais ne fit que frôler le danger et se retint à la dernière minute. Elle accepta la seconde perle aussi tranquillement qu'elle put. Elle était sûre que celle-là irait, et dès que ses deux visiteuses eurent pris congé, elle se dépêcha d'essayer de la fixer sur la bague. Mais elle était trop petite, et remuait dans la monture. Découverte qui laissa Mme Sasaki non seulement surprise, mais absolument ahurie.

Sur le chemin de retour, dans la voiture, les deux femmes se trouvèrent chacune incapable de deviner ce que l'autre pensait, et tandis que d'habitude elles bavardaient sans contrainte, elles plongèrent dans un long silence.

Mme Azuma, qui se croyait incapable de faire quoi que ce fût dont elle n'eût conscience, était certaine qu'elle n'avait pas avalé la perle. C'était simplement pour sortir tout le monde d'embarras qu'elle avait, toute honte bue, fait sa déclaration – et particulièrement pour sauver la mise à son amie, qui ne savait comment et avait visiblement l'air coupable. Mais maintenant que penser? Elle avait l'impression que toute l'étrange attitude de Mme Kasuga, et ce procédé compliqué (se faire accompagner pour rendre la perle) cachaient quelque chose de beaucoup plus profond. Etait-il concevable que Mme Azuma ait mis le doigt sur une faiblesse dans le caractère de son amie, faiblesse à laquelle il était interdit de toucher, et qu'en mettant son amie ainsi au pied du mur elle ait transformé une kleptomanie impulsive et inconsciente en profonde et inguérissable maladie mentale?

Quant à Mme Kasuga, elle gardait le soupçon que Mme Azuma avait bel et bien avalé la perle et que sa confession était véridique. En ce cas, Mme Azuma était impardonnable, quand tout était arrangé, de l'avoir si cruellement taquinée en revenant de la réception, et de s'être débarrassée sur elle de sa propre culpabilité. En conséquence, timide comme elle était, elle avait été saisie de panique, et outre l'argent qu'elle avait dépensé, elle s'était sentie obligée de jouer cette petite comédie – et après tout cela Mme Azuma avait encore assez mauvais caractère pour refuser d'avouer que c'était elle qui avait mangé la perle? Et si l'innocence de Mme Azuma était entièrement fictive, elle-même, qui jouait si difficilement son rôle, quelle mauvaise actrice n'était-elle pas aux yeux de Mme Azuma?

Revenons à Mme Matsumura. En repartant après avoir obligé Mme Sasaki à accepter la perle, elle avait l'esprit plus libre et il lui vint à l'idée de réexaminer à loisir, détail après détail, le déroulement du récent incident. Quand elle était allée chercher sa part de gâteau, elle avait très certainement laissé son sac sur la chaise. Ensuite, en mangeant le gâteau, elle s'était beaucoup servie de la serviette en papier – donc n'avait pas eu besoin de prendre un mouchoir dans son sac. Plus elle y pensait moins elle se rappelait avoir ouvert son sac avant de se repoudrer dans le taxi. Comment donc une perle aurait-elle pu rouler dans un sac qui avait toujours été fermé?

Elle comprenait maintenant combien elle avait été stupide de ne pas s'en apercevoir avant, au lieu d'être saisie de panique en voyant la perle. D'être allée si loin, Mme Matsumura fut frappée par une réflexion stupéfiante. Quelqu'un avait mis exprès la perle dans le sac pour l'incriminer. Et des quatre invitées à la réception la seule capable d'une chose pareille était, sans le moindre doute, la détestable Mme Yamamoto. Les yeux luisant de rage, Mme Matsumura se précipita chez Mme Yamamoto.

Dès qu'elle aperçut Mme Matsumura debout dans l'entrée, Mme Yamamoto comprit aussitôt ce qui l'amenait. Elle avait déjà préparé sa ligne de défense.

Toutefois l'interrogatoire mené par Mme Matsumura se révéla d'une sévérité inattendue, et il fut évident dès le début qu'elle n'accepterait aucune dérobade.

« C'est vous, je le sais. Il n'y a que vous qui puissiez faire une chose pareille », dit Mme Matsumura, forte de ses déductions.

« Pourquoi moi? Quelles preuves en avez-vous? Si vous êtes capable de venir me dire cela en face, je suppose que vous avez des preuves concluantes, non? » Mme Yamamoto commença par être maîtresse d'elle-même et glaciale.

A quoi Mme Matsumura répondit que Mme Azuma, qui s'était si noblement accusée, était de toute évidence étrangère à une conduite aussi basse et méprisable; et quant à Mme Kasuga, elle manquait trop de caractère pour un geste aussi dangereux; ce qui ne laisse qu'une seule personne – vous.

Mme Yamamoto garda le silence, la bouche close comme une huître. Sur la table devant elle brillait doucement la perle que Mme Matsumura y avait posée. Dans son énervement elle n'avait pas même eu le temps d'avancer la main, et le thé de Ceylan qu'elle avait pensé à préparer refroidissait.

« Je n'avais pas idée que vous me détestiez autant », dit Mme Yamamoto en s'essuyant le coin des yeux; mais il était clair que Mme Matsumura était une fois pour toutes décidée à ne pas se laisser tromper par des larmes.

« Eh bien, alors je vais dire, reprit Mme Yamamoto, ce que j'avais pensé qu'il ne fallait jamais dire. Je ne prononcerai pas de nom, mais une des invitées...

– Ce qui veut dire, je suppose, Mme Azuma ou Mme Kasuga?

– Je vous prie, je vous supplie d'au moins me permettre de ne pas dire le nom. Comme je disais, une des invitées venait d'ouvrir votre sac et d'y laisser tomber quelque chose comme je me trouvais lancer un coup d'œil dans sa direction. Vous imaginez ma stupéfaction. Même si je m'étais sentie capable de vous avertir, je n'en aurais pas eu l'occasion. J'avais le cœur qui cognait, qui cognait! Et quand nous sommes parties dans le taxi – c'était affreux de ne pas pouvoir vous parler. Si nous avions été amies, bien sûr, j'aurais pu tout vous dire franchement, mais puisque je savais que selon toute apparence vous ne m'aimez pas...

– Je comprends. Vous avez été pleine d'attention, je n'en doute pas. Ce qui veut dire, n'est-ce pas, que vous avez maintenant rejeté la culpabilité sur Mme Azuma et Mme Kasuga?

– Rejeté la culpabilité! Mais comment vous faire comprendre ce que j'éprouve? Tout ce que je voulais était ne faire de mal à personne.

– Bien sûr. Mais me faire du mal à moi ça vous était égal, n'est-ce pas? Vous auriez au moins pu me dire cela dans le taxi.

– Et si vous aviez été franche avec moi quand vous avez trouvé la perle, je vous aurais probablement dit, à ce moment-là, tout ce que j'avais vu – mais non, vous avez préféré quitter le taxi, sans un mot! »

Pour la première fois, en entendant cela, Mme Matsumura ne trouva rien à répondre.

« Eh bien, alors. Est-ce que j'arrive à vous faire comprendre? Je voulais ne faire de mal à personne. »

Mme Matsumura se sentit encore plus au comble de la rage.

« Si vous devez sortir un pareil tissu de mensonges, dit-elle, je dois vous demander de les répéter, ce soir si vous voulez, en ma présence, devant Mme Azuma et Mme Kasuga. »

Sur quoi Mme Yamamoto fondit en larmes.

Voir pleurer Mme Yamamoto était quelque chose de très nouveau pour Mme Matsumura, et elle avait beau se répéter qu'il ne fallait pas qu'elle se laisse avoir par les larmes, elle n'arrivait pas à se débarrasser du sentiment que peut-être, par quelque endroit, puisque rien dans cette histoire ne pouvait se prouver, il y avait une once de vérité dans les assertions de Mme Yamamoto.

Tout d'abord – pour être un peu plus objectif – si l'on tenait pour vraie l'histoire de Mme Yamamoto, sa répugnance à révéler le nom de la coupable, qu'elle avait vu faire de ses propres yeux, inclinait à penser qu'elle ne manquait pas de délicatesse. Et tout comme on ne pouvait pas affirmer que la douce Mme Kasuga, qui semblait si timide, ne pourrait jamais être provoquée à la méchanceté, de même l'indéniable hostilité établie entre Mme Yamamoto et elle-même pouvait, sous un certain angle, rendre plus improbable la culpabilité de Mme Yamamoto. Car si elle devait faire ce genre de choses, leurs relations étant ce qu'elles étaient, Mme Yamamoto serait la première suspecte.

« Nous avons des natures très différentes, continua Mme Yamamoto toujours en larmes, et je reconnais qu'il y a en vous des choses que je n'aime pas. Mais tout de même, c'est trop affreux pour que vous me soupçonniez d'un aussi mauvais tour pour l'emporter sur vous... Et d'ailleurs, à bien réfléchir, souffrir sans rien dire vos accusations serait encore la conduite la plus conforme à ce qui a été tout au long mon sentiment. Je serai seule à encaisser la culpabilité, et personne d'autre n'aura de mal. »

Et sur ces pathétiques paroles, Mme Yamamoto s'écroula le visage contre la table et éclata en sanglots.

Mme Matsumura, tout en la regardant, en venait à réfléchir à ce qu'avait d'incontrôlé sa propre conduite. Elle détestait tellement Mme Yamamoto, qu'il y avait eu des moments, au cours des reproches dont elle l'avait accablée, où elle s'était laissé aveugler par l'émotion.

Lorsque, après avoir longuement pleuré, Mme Yamamoto releva la tête, son visage, pur et en quelque sorte distant, affichait une résolution qui fut perceptible même à sa visiteuse. Mme Matsumura, un peu effrayée, se redressa sur sa chaise.

« Cette chose n'aurait jamais dû être. Une fois disparue, tout sera comme avant. » Parlant par énigme, Mme Yamamoto repoussa ses cheveux en désordre et posa son terrible regard, d'une beauté saisissante, sur la table devant elle. En une seconde elle saisit la perle et par un geste d'une décision dramatique, se la lança dans la bouche. Puis elle souleva sa tasse par l'anse, le petit doigt élégamment écarté, et fit disparaître la perle avec une seule gorgée de thé de Ceylan refroidi.

Horrifiée, fascinée, Mme Matsumura la regarda faire. Tout fut fini avant qu'elle ait pu protester. C'était la première fois de sa vie qu'elle voyait quelqu'un avaler une perle, et il y avait chez Mme Yamamoto quelque chose de ce désespoir sans recours qu'on s'attend à trouver chez celui qui vient d'avaler du poison.

Toutefois, si héroïque que fût le geste, il était surtout touchant, et non seulement Mme Matsumura sentit s'évaporer sa colère, mais la simplicité, la pureté de Mme Yamamoto l'impressionnèrent tellement qu'elle ne vit plus en cette dame qu'une sainte. Et les yeux aussi de Mme Matsumura se remplirent de larmes, et elle prit la main de Mme Yamamoto.

« S'il vous plaît, pardonnez-moi, s'il vous plaît, pardonnez-moi, dit-elle. J'ai eu tort. »

Et elles pleurèrent ensemble quelque temps, en se tenant les mains, et en se jurant réciproquement d'être désormais d'inébranlables amies.

Lorsque Mme Sasaki entendit raconter que les relations entre Mme Yamamoto et Mme Matsumura, qui étaient tellement tendues, s'étaient soudain améliorées, et que Mme Azuma et Mme Kasuga, qui avaient été tellement amies, soudain ne se voyaient plus, elle fut incapable d'en comprendre les raisons, et dut se contenter de se dire qu'en ce monde rien n'est impossible.

Toutefois, comme elle n'était pas femme à s'embarrasser de trop de scrupules, Mme Sasaki demanda à un joaillier de lui refaire sa bague et de trouver un dessin qui permît d'enchâsser deux perles, l'une grosse et l'autre petite, et elle porta très ouvertement la bague, sans nouvel incident.

Elle oublia très vite et complètement le petit accroc survenu le jour de son anniversaire, et quand on lui demandait son âge elle donnait les mêmes réponses mensongères, comme toujours.

Dojoji	9
Les sept ponts	39
Patriotisme	67
La perle	107

DU MÊME AUTEUR

Aux Éditions Gallimard

LE PAVILLON D'OR (« Folio », *nº 649*).

APRÈS LE BANQUET (« Folio », *nº 1101*).

LE MARIN REJETÉ PAR LA MER (« Folio », *nº 1147*).

LE TUMULTE DES FLOTS (« Folio », *nº 1023*).

CONFESSION D'UN MASQUE (« Folio », *nº 1455*).

LE SOLEIL ET L'ACIER (« Folio », *nº 2492*).

MADAME DE SADE, *théâtre. Adaptation de Pieyre de Mandiargues.*

LA MER DE LA FERTILITÉ. *Présentation de Tanguy Kenec'hdu.*

I. NEIGE DE PRINTEMPS (« Folio », *nº 2022*).

II. CHEVAUX ÉCHAPPÉS (« Folio », *nº 2231*).

III. LE TEMPLE DE L'AUBE (« Folio », *nº 2368*).

IV. L'ANGE EN DÉCOMPOSITION (« Folio », *nº 2426*).

UNE SOIF D'AMOUR (« Folio », *nº 1788*).

LA MORT EN ÉTÉ (« Folio », *nº 1948*).

LE PALAIS DES FÊTES, *théâtre* (« Le Manteau d'Arlequin », nouvelle série).

CINQ NÔ MODERNES, *théâtre. Traduit du japonais et préfacé par Marguerite Yourcenar avec la collaboration de Jun Shiragi.* Nouvelle édition en 1984.

L'ARBRE DES TROPIQUES, *théâtre* (« Le Manteau d'Arlequin », nouvelle série).

LE JAPON MODERNE ET L'ÉTHIQUE SAMOURAÏ. La Voie du Hagakuré (« Arcades », *nº 1*).

LES AMOURS INTERDITES (« Folio », *nº 2570*).

L'ÉCOLE DE LA CHAIR (« Folio », *nº 2697*).

PÈLERINAGE AUX TROIS MONTAGNES (« Folio »,*nº 3093*).

LA MUSIQUE (« Folio », *nº 3765*).

LE LÉZARD NOIR, *théâtre adapté du roman d'Edogawa Rampo* (« Le Manteau d'Arlequin », nouvelle série).

DOJOJI et autres nouvelles (« Folio 2 € », *n° 3629*). Textes extraits de « La Mort en été »).

UNE MATINÉE D'AMOUR PUR (« Folio », *n° 4302*).

MARTYRE *précédé de* Ken. Nouvelles extraites de *Pèlerinage aux trois montagnes* (« Folio 2 € », *n° 4043*).

PAPILLON (« Folio 2 € », *n° 4845*).

Dans « Biblos » et « Quarto »

LA MER DE LA FERTILITÉ : Neige de printemps — Chevaux échappés — Le Temple de l'Aube — L'ange en décomposition. *Préface de Marguerite Yourcenar.*

COLLECTION FOLIO 2€

Dernières parutions

4103. Pablo Neruda — *La solitude lumineuse*
4104. Antoine de Saint-Exupéry — *Lettre à un otage*
4105. Anton Tchekhov — *Une banale histoire. Fragments du journal d'un vieil homme*
4106. Honoré de Balzac — *L'auberge rouge*
4143. Ray Bradbury — *Meurtres en douceur* et autres nouvelles
4144. Carlos Castaneda — *Stopper-le-monde*
4145. Confucius — *Les entretiens*
4146. Didier Daeninckx — *Ceinture rouge* précédé de *Corvée de bois*
4147. William Faulkner — *Le Caïd* et autres nouvelles
4148. Gandhi — *La voie de la non-violence*
4149. Guy de Maupassant — *Le verrou* et autres contes grivois
4150. D. A. F. de Sade — *La philosophie dans le boudoir. Les quatre premiers dialogues*
4151. Italo Svevo — *L'assassinat de la via Belpoggio* et autres nouvelles
4191. Collectif — *« Mourir pour toi ». Quand l'amour tue*
4192. Hans Christian Andersen — *L'Elfe de la rose* et autres contes du jardin
4193. Épictète — *De la liberté* précédé de *De la profession de Cynique*
4194. Ernest Hemingway — *Histoire naturelle des morts* et autres nouvelles
4195. Panait Istrati — *Mes départs*
4196. H. P. Lovecraft — *La peur qui rôde* et autres nouvelles
4197. Stendhal — *Féder ou le mari d'argent*
4198. Junichirô Tanizaki — *Le meurtre d'O-Tsuya*
4199. Léon Tolstoï — *Le réveillon du jeune tsar* et autres contes

4200. Oscar Wilde	*La Ballade de la geôle de Reading* précédé de *Poèmes*
4273. Cervantès	*La petite gitane*
4274. Collectif	*«Dansons autour du chaudron». Les sorcières dans la littérature*
4275. G.K. Chesterton	*Trois enquêtes du Père Brown*
4276. Francis Scott Fitzgerald	*Une vie parfaite* suivi de *L'accordeur*
4277. Jean Giono	*Prélude de Pan* et autres nouvelles
4278. Katherine Mansfield	*Mariage à la mode* précédé de *La baie*
4279. Pierre Michon	*Vie du père Foucault* suivi de *Vie de George Bandy*
4280. Flannery O'Connor	*Un heureux événement* suivi de *La personne déplacée*
4281. Chantal Pelletier	*Intimités* et autres nouvelles
4282. Léonard de Vinci	*Prophéties* précédé de *Philosophie et d'Aphorismes*
4317. Anonyme	*Ma'rûf le savetier. Un conte des Mille et Une Nuits*
4318. René Depestre	*L'œillet ensorcelé* et autres nouvelles
4319. Henry James	*Le menteur*
4320. Jack London	*La piste des soleils* et autres nouvelles
4321. Jean-Bernard Pouy	*La mauvaise graine* et autres nouvelles
4322. Saint Augustin	*La Création du monde et le Temps* suivi de *Le Ciel et la Terre*
4323. Bruno Schulz	*Le printemps*
4324. Qian Zhongshu	*Pensée fidèle* suivi d'*Inspiration*
4325. Marcel Proust	*L'affaire Lemoine*
4326. Ji Yun	*Des nouvelles de l'au-delà*
4387. Boileau-Narcejac	*Au bois dormant*
4388. Albert Camus	*Été*
4389. Philip K. Dick	*Ce que disent les morts*
4390. Alexandre Dumas	*La dame pâle*
4391. Herman Melville	*Les encantadas, ou îles enchantées*
4392. Mathieu François Pidansat de Mairobert	*Confession d'une jeune fille*
4393. Wang Chong	*De la mort*

4394. Marguerite Yourcenar	*Le Coup de grâce*
4395. Nicolas Gogol	*Une terrible vengeance*
4396. Jane Austen	*Lady Susan*
4441. Honoré de Balzac	*Les dangers de l'inconduite*
4442. Collectif	*1, 2, 3... bonheur! Le bonheur en littérature*
4443. James Crumley	*Tout le monde peut écrire une chanson triste* et autres nouvelles
4444. Fumio Niwa	*L'âge des méchancetés*
4445. William Golding	*L'envoyé extraordinaire*
4446. Pierre Loti	*Les trois dames de la kasbah* suivi de *Suleïma*
4447. Marc Aurèle	*Pensées. Livres I-VI*
4448. Jean Rhys	*À septembre, Petronella* suivi de *Qu'ils appellent ça du jazz*
4449. Gertrude Stein	*La brave Anna*
4450. Voltaire	*Le monde comme il va* et autres contes
4482. Régine Detambel	*Petit éloge de la peau*
4483. Caryl Férey	*Petit éloge de l'excès*
4484. Jean-Marie Laclavetine	*Petit éloge du temps présent*
4485. Richard Millet	*Petit éloge d'un solitaire*
4486. Boualem Sansal	*Petit éloge de la mémoire*
4518. Renée Vivien	*La dame à la louve*
4519. Madame Campan	*Mémoires sur la vie privée de Marie-Antoinette. Extraits*
4520. Madame de Genlis	*La femme auteur*
4521. Elsa Triolet	*Les amants d'Avignon*
4522. George Sand	*Pauline*
4549. Amaru	*La centurie. Poèmes amoureux de l'Inde ancienne*
4550. Collectif	*«Mon cher papa...» Des écrivains et leur père*
4551. Joris-Karl Huysmans	*Sac au dos suivi d'À vau l'eau*
4552. Marc Aurèle	*Pensées. livres VII-XII*
4553. Valery Larbaud	*Mon plus secret conseil...*
4554. Henry Miller	*Lire aux cabinets* précédé d'*Ils étaient vivants et ils m'ont parlé*

4555. Alfred de Musset — *Emmeline* suivi de *Croisilles*
4556. Irène Némirovsky — *Ida* suivi de *La comédie bourgeoise*
4557. Rainer Maria Rilke — *Au fil de la vie. Nouvelles et esquisses*
4558. Edgar Allan Poe — *Petite discussion avec une momie* et autres histoires extraordinaires
4596. Michel Embareck — *Le temps des citrons*
4597. David Shahar — *La moustache du pape* et autres nouvelles
4598. Mark Twain — *Un majestueux fossile littéraire* et autres nouvelles
4618. Stéphane Audeguy — *Petit éloge de la douceur*
4619. Éric Fottorino — *Petit éloge de la bicyclette*
4620. Valentine Goby — *Petit éloge des grandes villes*
4621. Gaëlle Obiégly — *Petit éloge de la jalousie*
4622. Pierre Pelot — *Petit éloge de l'enfance*
4639. Benjamin Constant — *Le cahier rouge*
4640. Carlos Fuentes — *La Desdichada*
4641. Richard Wright — *L'homme qui a vu l'inondation* suivi de *Là-bas, près de la rivière*
4665. Cicéron — *«Le bonheur dépend de l'âme seule». Livre V des «Tusculanes»*
4666. Collectif — *Le pavillon des parfums-réunis* et autres nouvelles chinoises des Ming
4667. Thomas Day — *L'automate de Nuremberg*
4668. Lafcadio Hearn — *Ma première journée en Orient* suivi de *Kizuki, le sanctuaire le plus ancien du Japon*
4669. Simone de Beauvoir — *La femme indépendante*
4670. Rudyard Kipling — *Une vie gaspillée* et autres nouvelles
4671. D. H. Lawrence — *L'épine dans la chair* et autres nouvelles
4672. Luigi Pirandello — *Eau amère* et autres nouvelles
4673. Jules Verne — *Les révoltés de la Bounty* suivi de *Maître Zacharius*

4674. Anne Wiazemsky — *L'île*
4708. Isabelle de Charrière — *Sir Walter Finch et son fils William*
4709. Madame d'Aulnoy — *La princesse Belle Étoile et le prince Chéri*
4710. Isabelle Eberhardt — *Amours nomades. Nouvelles choisies*
4711. Flora Tristan — *Promenades dans Londres. Extraits*
4737. Joseph Conrad — *Le retour*
4738. Roald Dahl — *Le chien de Claude*
4739. Fiodor Dostoïevski — *La femme d'un autre et le mari sous le lit. Une aventure peu ordinaire*
4740. Ernest Hemingway — *La capitale du monde* suivi de *L,heure triomphale de Francis Macomber*
4741. H. P. Lovecraft — *Celui qui chuchotait dans les ténèbres*
4742. Gérard de Nerval — *Pandora* et autres nouvelles
4743. Juan Carlos Onetti — *À une tombe anonyme*
4744. Robert Louis Stevenson — *La chaussée des Merry Men*
4745. Henry David Thoreau — *«Je vivais seul dans les bois»*
4746. Michel Tournier — *L'aire du muguet* précédé de *La jeune fille et la mort*
4781. Collectif — *Sur le zinc. Au café des écrivains*
4782. Francis Scott Fitzgerald — *L'étrange histoire de Benjamin Button* suivi de *La lie du bonheur*
4783. Lao She — *Le nouvel inspecteur* suivi de *le croissant de lune*
4784. Guy de Maupassant — *Apparition* et autres contes de l'étrange
4785. D. A. F. de Sade — *Eugénie de Franval. Nouvelle tragique*
4786. Patrick Amine — *Petit éloge de la colère*
4787. Élisabeth Barillé — *Petit éloge du sensible*
4788. Didier Daeninckx — *Petit éloge des faits divers*
4789. Nathalie Kuperman — *Petit éloge de la haine*
4790. Marcel Proust — *La fin de la jalousie* et autres nouvelles
4839. Julian Barnes — *À jamais* et autres nouvelles
4840. John Cheever — *Une américaine instruite* précédé d'*Adieu, mon frère*
4841. Collectif — *«Que je vous aime, que je t'aime!» Les plus belles déclarations d,amour*

4842. André Gide	*Souvenirs de la cour d'assises*
4843. Jean Giono	*Notes sur l'affaire Dominici* suivi d'*Essai sur le caractère des personnages*
4844. Jean de La Fontaine	*Comment l'esprit vient aux filles* et autres contes libertins
4845. Yukio Mishima	*Papillon* suivi de *La lionne*
4846. John Steinbeck	*Le meurtre* et autres nouvelles
4847. Anton Tchekhov	*Un royaume de femmes* suivi de *De l'amour*
4848. Voltaire	*L'Affaire du chevalier de La Barre* précédé de *L,Affaire Lally*
4875. Marie d'Agoult	*Premières années (1806-1827)*
4876. Madame de Lafayette	*Histoire de la princesse de Montpensier* et autres nouvelles
4877. Madame Riccoboni	*Histoire de M. le marquis de Cressy*
4878. Madame de Sévigné	*«Je vous écris tous les jours...» Premières lettres à sa fille*
4879. Madame de Staël	*Trois nouvelles*
4911. Karen Blixen	*Saison à Copenhague*
4912. Julio Cortázar	*La porte condamnée* et autres nouvelles fantastiques
4913. Mircea Eliade	*Incognito à Buchenwald...* précédé d'*Adieu!...*
4914. Romain Gary	*Les Trésors de la mer Rouge*
4915. Aldous Huxley	*Le jeune Archimède* précédé de *Les Claxton*
4916. Régis Jauffret	*Ce que c'est que l'amour* et autres microfictions
4917. Joseph Kessel	*Une balle perdue*
4918. Lie-tseu	*Sur le destin* et autres textes
4919. Junichirô Tanizaki	*Le pont flottant des songes*
4920. Oscar Wilde	*Le portrait de Mr. W. H.*
4953. Eva Almassy	*Petit éloge des petites filles*
4954. Franz Bartelt	*Petit éloge de la vie de tous les jours*
4955. Roger Caillois	*Noé* et autres textes

4956. Jacques Casanova — *Madame F.* suivi d'*Henriette*
4957. Henry James — *De Grey, histoire romantique*
4958. Patrick Kéchichian — *Petit éloge du catholicisme*
4959. Michel Lermontov — *La princesse Ligovskoï*
4960. Pierre Péju — *L'idiot de Shanghai* et autres nouvelles
4961. Brina Svit — *Petit éloge de la rupture*
4962. John Updike — *Publicité* et autres nouvelles
5010. Anonyme — *Le petit-fils d'Hercule. Un roman libertin*
5011. Marcel Aymé — *La bonne peinture*
5012. Mikhaïl Boulgakov — *J'ai tué* et autres récits
5013. Sir Arthur Conan Doyle — *L'interprète grec* et autres aventures de Sherlock Holmes
5014. Frank Conroy — *Le cas mystérieux de R.* et autres nouvelles
5015. Sir Arthur Conan Doyle — *Une affaire d'identité* et autres aventures de Sherlock Holmes
5016. Cesare Pavese — *Histoire secrète* et autres nouvelles
5017. Graham Swift — *Le sérail* et autres nouvelles
5018. Rabindranath Tagore — *Aux bords du Gange* et autres nouvelles
5019. Émile Zola — *Pour une nuit d'amour* suivi de *L'inondation*
5060. Anonyme — *L'œil du serpent. Contes folkloriques japonais*
5061. Federico García Lorca — *Romancero gitan* suivi de *Chant funèbre pour Ignacio Sanchez Mejias*
5062. Ray Bradbury — *Le meilleur des mondes possibles* et autres nouvelles
5063. Honoré de Balzac — *La Fausse Maîtresse*
5064. Madame Roland — *Enfance*
5065. Jean-Jacques Rousseau — *« En méditant sur les dispositions de mon âme… »* et autres rêveries, suivi de *Mon portrait*
5066. Comtesse de Ségur — *Ourson*
5067. Marguerite de Valois — *Mémoires. Extraits*

5068. Madame de Villeneuve	*La Belle et la Bête*
5069. Louise de Vilmorin	*Sainte-Unefois*
5120. Hans Christian Andersen	*La Vierge des glaces*
5121. Paul Bowles	*L'éducation de Malika*
5122. Collectif	*Au pied du sapin. Contes de Noël*
5123. Vincent Delecroix	*Petit éloge de l'ironie*
5124. Philip K. Dick	*Petit déjeuner au crépuscule* et autres nouvelles
5125. Jean-Baptiste Gendarme	*Petit éloge des voisins*
5126. Bertrand Leclair	*Petit éloge de la paternité*
5127. Alfred de Musset-George sand	*« Ô mon George, ma belle maîtresse... » Lettres*
5128. Grégoire Polet	*Petit éloge de la gourmandise*
5129. Paul Verlaine	*L'Obsesseur précédé d'Histoires comme ça*
5163. Akutagawa Ryûnosuke	*La vie d'un idiot* précédé d'*Engrenage*
5164. Anonyme	*Saga d'Eiríkr le Rouge* suivi de *Saga des Groenlandais*
5165. Antoine Bello	*Go Ganymède!*
5166. Adelbert von Chamisso	*L'étrange histoire de Peter Schlemihl*
5167. Collectif	*L'art du baiser. Les plus beaux baisers de la littérature*
5168. Guy Goffette	*Les derniers planteurs de fumée*
5169. H. P. Lovecraft	L'horreur de Dunwich
5170. Léon Tolstoï	*Le diable*
5184. Alexandre Dumas	*La main droite du sire de Giac* et autres nouvelles
5185. Edith Wharton	*Le miroir suivi de Miss Mary Pask*
5231. Théophile Gautier	*La cafetière* et autres contes fantastiques
5232. Claire Messud	*Les Chasseurs*
5233. Dave Eggers	*Du haut de la montagne, une longue descente*
5234. Gustave Flaubert	*Un parfum à sentir ou Les Baladins* suivi de *Passion et vertu*

5235. Carlos Fuentes — *En bonne compagnie* suivi de *La chatte de ma mère*
5236. Ernest Hemingway — *Une drôle de traversée*
5237. Alona Kimhi — *Journal de berlin*
5238. Lucrèce — *« L'esprit et l'âme se tiennent étroitement unis ». Livre III de « De la nature »*
5239. Kenzaburô Ôé — *Seventeen*
5240. P. G. Wodehouse — *Une partie mixte à trois* et autres nouvelles du green
5290. Jean-Jacques Bernard — *Petit éloge du cinéma d'aujourd'hui*
5291. Jean-Michel Delacomptée — *Petit éloge des amoureux du Silence*
5292. Mathieu Térence — *Petit éloge de la joie*
5293. Vincent Wackenheim — *Petit éloge de la première fois*
5294. Richard Bausch — *Téléphone rose* et autres nouvelles
5295. Collectif — *Ne nous fâchons pas ! ou L'art de se disputer au théâtre*
5296. Robin Robertson — *Fiasco ! Des écrivains en scène*
5297. Miguel de Unamuno — *Des yeux pour voir* et autres contes
5298. Jules Verne — *Une fantaisie du Docteur Ox*
5299. Robert Charles Wilson — *YFL-500* suivi du *Mariage de la dryade*
5347. Honoré de Balzac — *Philosophie de la vie conjugale*
5348. Thomas De Quincey — *Le bras de la vengeance*
5349. Charles Dickens — *L'embranchement de Mugby*
5350. Épictète — *De l'attitude à prendre envers les tyrans*
5351. Marcus Malte — *Mon frère est parti ce matin...*
5352. Vladimir Nabokov — *Natacha* et autres nouvelles
5353. Arthur Conan Doyle — *Un scandale en Bohême* suivi de *Silver Blaze. Deux aventures de Sherlock Holmes*
5354. Jean Rouaud — *Préhistoires*
5355. Mario Soldati — *Le père des orphelins*
5356. Oscar Wilde — *Maximes* et autres textes
5415. Franz Bartelt — *Une sainte fille* et autres nouvelles
5416. Mikhaïl Boulgakov — *Morphine*

5417. Guillermo Cabrera Infante — *Coupable d'avoir dansé le cha-cha-cha*
5418. Collectif — *Jouons avec les mots. Jeux littéraires*
5419. Guy de Maupassant — *Contes au fil de l'eau*
5420. Thomas Hardy — *Les intrus de la Maison Haute* précédé d'un autre conte du Wessex
5421. Mohamed Kacimi — *La confession d'Abraham*
5422. Orhan Pamuk — *Mon père* et autres textes
5423. Jonathan Swift — *Modeste proposition* et autres textes
5424. Sylvain Tesson — *L'éternel retour*
5462. Lewis Carroll — *Misch-Masch* et autres textes de jeunesse
5463. Collectif — *Un voyage érotique. Invitations à l'amour dans la littérature du monde entier*
5464. François de La Rochefoucauld — *Maximes* suivi de *Portrait de La Rochefoucauld par lui-même*
5465. William Faulkner — *Coucher de soleil* et autres Croquis de La Nouvelle-Orléans
5466. Jack Kerouac — *Sur les origines d'une génération* suivi de *Le dernier mot*
5467. Liu Xinwu — *La Cendrillon du canal* suivi de *Poisson à face humaine*
5468. Patrick Pécherot — *Petit éloge des coins de rue*
5469. George Sand — *La château de Pictordu*
5470. Montaigne — *De l'oisiveté* et autres Essais en français moderne
5471. Martin Winckler — *Petit éloge des séries télé*
5523. E.M. Cioran — *Pensées étranglées* précédé du *Mauvais démiurge*
5524. Dôgen — *Corps et esprit. La Voie du zen*
5525. Maître Eckhart — *L'amour est fort comme la mort* et autres textes
5526. Jacques Ellul — « *Je suis sincère avec moi-même* » et autres lieux communs
5527. Liu An — *Du monde des hommes. De l'art de vivre parmi ses semblables*

5528. Sénèque — *De la providence* suivi de *Lettres à Lucilius (lettres 71 à 74)*

5529. Saâdi — *Le Jardin des Fruits. Histoires édifiantes et spirituelles*

5530. Tchouang-tseu — *Joie suprême* et autres textes

5531. Jacques De Voragine — *La Légende dorée. Vie et mort de saintes illustres*

5532. Grimm — *Hänsel et Gretel* et autres contes

5589. Saint Augustin — *L'Aventure de l'esprit et autres Confessions*

5590. Anonyme — *Le brahmane et le pot de farine. Contes édifiants du Pañcatantra*

5591. Simone Weil — *Pensées sans ordre concernant l'amour de Dieu* et autres textes

5592. Xun zi — *Traité sur le Ciel* et autres textes

5606. Collectif — *Un oui pour la vie ? Le mariage en littérature*

5607. Éric Fottorino — *Petit éloge du Tour de France*

5608. E. T. A. Hoffmann — *Ignace Denner*

5609. Frédéric Martinez — *Petit éloge des vacances*

5610. Sylvia Plath — *Dimanche chez les Minton* et autres nouvelles

5611. Lucien — *« Sur des aventures que je n'ai pas eues ». Histoire véritable*

5631. Boccace — *Le Décaméron. Première journée*

5632. Isaac Babel — *Une soirée chez l'impératrice* et autres récits

5633. Saul Bellow — *Un futur père* et autres nouvelles

5634. Belinda Cannone — *Petit éloge du désir*

5635. Collectif — *Faites vos jeux ! Les jeux en littérature*

5636. Collectif — *Jouons encore avec les mots. Nouveaux jeux littéraires*

5637. Denis Diderot — *Sur les femmes* et autres textes

5638. Elsa Marpeau — *Petit éloge des brunes*

5639. Edgar Allan Poe — *Le sphinx* et autres contes

5640. Virginia Woolf — *Le quatuor à cordes* et autres nouvelles

Impression Novoprint
à Barcelone, le 12 novembre 2013
Dépôt légal : novembre 2013
Premier dépôt légal dans la collection : novembre 2004

ISBN 978-2-07-042210-4./Imprimé en Espagne.

263257